AF305547

CATALOGUE
DES LIVRES

ET

OUVRAGES D'ART

COMPOSANT LA BIBLIOTHÈQUE

DE FEU M. HIPPOLYTE LE BAS

MEMBRE DE L'INSTITUT

ARCHITECTE DU PALAIS DE L'INSTITUT, OFFICIER DE LA LÉGION-D'HONNEUR
ANCIEN MEMBRE DU CONSEIL DES BATIMENTS CIVILS
PROFESSEUR HONORAIRE A L'ÉCOLE IMPÉRIALE DES BEAUX-ARTS

dont la vente aux enchères publiques aura lieu

HOTEL DES COMMISSAIRES-PRISEURS, RUE DROUOT
SALLE N° 4 (au 1er)

Les Jeudi 5, Vendredi 6 & Samedi 7 Décembre 1867

A UNE HEURE ET DEMIE PRÉCISE DE RELEVÉE

M° **DELBERGUE-CORMONT**, Commissaire-Priseur,
rue de Provence, 8,

Et M° **MAX DUGIED**, son Confrère, rue des Petites-Écuries, 55,

Assistés de M. **AUGUSTE AUBRY**, Libraire

PARIS

AUG. AUBRY, LIBRAIRE DE LA SOCIÉTÉ DES BIBLIOPHILES FRANÇOIS

RUE DAUPHINE, 16

—

1867

Renou et Maulde, Imprimeurs de la Compagnie des Commissaires-Priseurs,
rue de Rivoli, 144.   8848

CATALOGUE

DES LIVRES

ET

OUVRAGES D'ART

COMPOSANT LA BIBLIOTHÈQUE

DE FEU M. HIPPOLYTE LE BAS

MEMBRE DE L'INSTITUT

ARCHITECTE DU PALAIS DE L'INSTITUT, OFFICIER DE LA LÉGION-D'HONNEUR
ANCIEN MEMBRE DU CONSEIL DES BATIMENTS CIVILS
PROFESSEUR HONORAIRE A L'ÉCOLE IMPÉRIALE DES BEAUX-ARTS

dont la vente aux enchères publiques aura lieu

HOTEL DES COMMISSAIRES-PRISEURS, RUE DROUOT

SALLE N° 4 (au 1er)

Les Jeudi 5, Vendredi 6 & Samedi 7 Décembre 1867

A UNE HEURE ET DEMIE PRÉCISE DE RELEVÉE

Mᵉ DELBERGUE-CORMONT, Commissaire-Priseur,
rue de Provence, 8,
Et Mᵉ **MAX DUGIED**, son Confrère, rue des Petites-Écuries, 55,
Assistés de M. **AUGUSTE AUBRY**, Libraire

PARIS

AUG. AUBRY, LIBRAIRE DE LA SOCIÉTÉ DES BIBLIOPHILES FRANÇOIS

RUE DAUPHINE, 16

—

1867

ORDRE DE LA VENTE

1ʳᵉ **Vacation.** — *Jeudi 5 Décembre*......	403 — 468 1 — 55 110 — 187
2ᵉ **Vacation.** — *Vendredi 6 id.*	469 — 552 188 — 245 56 — 109
3ᵉ **Vacation.** — *Samedi 7 id.*.........	553 — 623 246 — 402

Nota. **Les Livres non catalogués** seront vendus en lots au commencement de la première Vacation, le Jeudi 5 Décembre, à une heure.

CONDITIONS DE LA VENTE

La Vente aura lieu au comptant.

Il sera perçu **cinq pour cent** en sus du prix des adjudications.

Les Livres seront vendus sans garantie et ne seront sujets à rapport pour aucune cause.

M. **Aubry**, chargé de la vente, remplira les commissions des personnes qui ne pourraient y assister.

EXPOSITION PUBLIQUE

Le Mercredi 4 Décembre 1867, de 2 à 4 heures.

Nous ne pouvons mieux retracer la vie et les travaux de l'éminent architecte Hippolyte LE BAS, qu'en plaçant ici quelques belles pages, empruntées au discours prononcé à ses obsèques par notre célèbre peintre, M. Henri LEHMANN, vice-président de l'Académie des Beaux-Arts :

« ... En peu d'années, à des intervalles, hélas ! trop rapprochés, un quart des membres de notre Académie, de ceux dont elle était justement fière, a disparu de son sein. Ce sont de grands ancêtres qui se retirent devant des générations nouvelles. Assurément la France est riche en hommes de talent dignes de succéder aux confrères sur la perte desquels nous gémissons. Pourtant ceux-ci avaient sur les nouveaux venus l'inappréciable avantage d'être depuis de longues années investis par l'opinion d'une sorte de magistrature. Ils avaient acquis sur la jeunesse une autorité paternelle, et la jeunesse leur témoignait un respect salutaire et fécond. Le confrère vénéré à qui nous rendons aujourd'hui les derniers devoirs a exercé cette magistrature avec une rare et heureuse persévérance. Pour savoir avec quel honneur et quel fruit, Messieurs, vous n'avez qu'à jeter les yeux sur ce long cortége de deuil tout rempli d'hommes renommés à leur tour, qui se disent avec un reconnaissant orgueil les élèves de Le Bas.

« Un juge plus compétent, que j'ai le pénible devoir de suppléer ici (1), pouvait vous parler avec l'autorité du savoir des travaux de Le Bas. Malgré mon insuffisance, je

(1) M. Lefuel, président de l'Académie.

dois vous les rappeler, car ils furent toute sa vie ; vie sage et digne, laborieuse et utile, modestement simple, noblement ferme ; une de ces vies, Messieurs, dont le récit complet mériterait d'être offert comme leçon aux générations futures par celui qui, en ayant été le témoin constant et intime, en serait le meilleur historien (1).

« Louis-Hippolyte Le Bas naquit en 1782, à Paris, où son père était procureur au Châtelet. Il fit des études sévères sous Vaudoyer, Percier et Fontaine, et, après de nombreux succès obtenus à l'École des beaux-arts et une première excursion en Italie (1804), il remporta au concours de 1806 le second grand prix. L'Institut demanda et obtint pour quelques-uns de ses lauréats l'exemption du service militaire. Le Bas, malgré cette faveur, fit, comme guide du prince Murat, le second voyage d'Italie, de 1806 à 1808. Il en employa néanmoins les moindres moments au profit de son art, et si fructueusement, que ni les savantes publications dont les titres sont dans toutes les mémoires, ni un travail ininterrompu jusqu'aux derniers jours de sa longue vie, n'ont pu épuiser les richesses entassées dans ses cartons, et accrues par un nouveau voyage en 1811. Ses ateliers, situés à l'Institut dont la conservation lui était confiée, et qui lui était cher comme son propre domaine, étaient remplis de nobles souvenirs, d'études savantes, de beaux modèles. Il y travaillait, il y a peu de mois encore, avec une ardeur et une énergie juvéniles, traçant des dessins de cette main plus qu'octogénaire, à laquelle le poids des ans n'avait rien ôté ni de sa justesse ni de sa fermeté ; n'interrompant son labeur que pour accueillir amis, confrères ou élèves avec une aménité grave, avec une dignité bienveillante. Prodigue de conseils et d'exemples que sa mémoire inaltérée lui fournissait en abondance, il était intarissable à déplorer l'abandon de plus en plus imminent des éternels principes du grand art, sacrifiés aux petits caprices du jour. Il de-

(1) M. Léon Halévy, gendre de M. Le Bas.

venait éloquent surtout pour soutenir dans la bonne voie
ceux qui semblaient hésiter à persévérer dans l'abnéga-
tion, seul rempart, à ses yeux, de l'indépendance de l'artiste........

« Les principaux travaux de Le Bas ont été obtenus à la
suite d'un double concours. Ce sont la *Prison-modèle pour
les jeunes détenus*, et l'*Église Notre-Dame de Lorette*. Il y fit
voir à quel éminent degré il possédait les qualités consti-
tutives de son art. Il y montra sa haute raison, son grand
sens pratique dans la distribution du plan; il y prouva
son talent d'administrateur par une économie sévère,
strictement fidèle aux devis. La solidité et le soin de l'exécution y firent connaître sa science, son imagination bien
réglée, ce goût sobre enfin, dû à l'étude de l'antiquité, et
qui revêt d'une élégance simple tout ce qu'il touche. Ces
monuments ne laisseront pas périr le nom de Le Bas.

« Membre du conseil des bâtiments civils, membre et
architecte de l'Institut, où il faisait partie de la commission du *Dictionnaire des Beaux-Arts*, professeur à l'École
impériale, dirigeant avec une scrupuleuse sollicitude et une
autorité incontestée son propre atelier d'élèves, son acti-
vité ne s'est jamais ralentie. Le Bas a eu le mérite, qui est
en même temps le plus sûr des bonheurs, d'aimer le devoir sous toutes ses formes. Il en était le représentant
vivant dans sa famille, qui le vénérait; dans son école,
où il maintenait et propageait ses convictions d'artiste,
suivant de l'œil et soutenant de la main la foule toujours
renouvelée d'élèves serrés autour d'un maître dont les
leçons étaient garantes du succès; enfin dans notre Académie, à laquelle il avait voué un attachement sans bornes,
et où il n'a cessé de donner pendant plus de quarante
années l'exemple de la plus rare assiduité. Toujours prêt
à élucider nos discussions en son clair et ferme langage
il avançait nos travaux par son grand sens, sa longue ex
périence, son savoir étendu et profond. Semblable au
pilote vaillant et dévoué qui sans défaillance lutte contre

les envahissements du flot destructeur, Le Bas a tenu
d'une main inébranlable le gouvernail jusqu'au dernier
jour......

« Le pays honorera la mémoire de l'homme, de l'artiste
et du professeur; l'Académie, touchée de son long dévoue-
ment pour elle, chérira son souvenir. Elle lui dit par ma
voix ce suprême et douloureux adieu. »

M. Léon HALÉVY, qui lui a rendu aussi un dernier
hommage, a terminé ainsi son discours :

« ... Sa dernière œuvre a été le monument érigé au
cimetière-Montmartre à la mémoire de mon cher et regretté
frère, ce noble et sévère piédestal que surmonte la statue
si vivante due à l'habile ciseau de Duret.

« Il me reste à remplir une mission qui m'est précieuse.
Mon cher et illustre ami et beau-père a confondu dans ses
dernières pensées ses enfants, qu'il a rendus dépositaires
de ses volontés, et l'Académie, qui, après avoir été l'am-
bition de sa vie, en était devenue la passion et la joie. A
défaut d'écrit et de pièce testamentaire, je dois faire connaître ici, et devant ses éminents confrères, qu'il a légué
à l'Académie des Beaux-Arts et à la bibliothèque de l'Institut une magnifique collection, en trois volumes in-folio,
de tous les travaux et dessins de Percier, son vénéré
maître, sur le palais de Fontainebleau, auquel ce grand
artiste avait consacré plusieurs années de sa vie. Ainsi le
legs fait par Percier lui-même à son élève aimé est trans-
mis par ce dernier à l'Académie, où il perpétuera leur
mémoire et associera fraternellement leurs noms dans le
souvenir des plus nobles exemples et d'un glorieux ensei-
gnement. »

HIPPOLYTE **LE BAS** avait commencé en 1815,
avec l'architecte Debret, qui devait, comme lui,
siéger plus tard à l'Académie des Beaux-Arts, une

belle et importante publication : les *OEuvres complètes de Vignole*. Quoique cet ouvrage n'ait pas été terminé, et qu'il n'en ait paru que quatorze livraisons, il n'en forme pas moins un précieux et magnifique volume in-folio, composé de 84 planches. On a pu voir du reste, dans l'éloquent discours de M. Henri Lehmann, quelles richesses artistiques le crayon de l'infatigable artiste avait accumulées dans ses cartons. Le public en sera juge, et en admirant le goût exquis, la perfection rare de ces dessins si nombreux, de ces études si variées et d'une exécution incomparable, on s'étonnera qu'une vie, même aussi longue, ait pu suffire à un tel ensemble de travaux.

A ces produits d'un intarissable labeur venaient se joindre, pour l'ornement de son cabinet et de ses portefeuilles, les dons de ses plus illustres confrères : Ingres, Horace Vernet, Paul Delaroche, Robert-Fleury, Heim, Schnetz, Alaux ; des croquis de Carle Vernet, Meissonnier ; de belles esquisses de la plupart des tableaux qui décorent l'élégante église de Notre-Dame-de-Lorette, élevée sous sa direction, esquisses dues au pinceau de Langlois, Couder, Hesse, Heim, Drolling, Eugène Devéria, Champmartin ; le *Saint-Jean-Baptiste* de Duret, de la même église ; une magnifique page de Percier, où ce grand artiste a réuni et comme enchâssé les plus riches souvenirs de nos musées ; des bronzes antiques et modernes, des médailles, enfin, tout ce qui compose cette intéressante Collection, le seul luxe intérieur qui lui fût cher, parce qu'il lui rappelait ses travaux et ses amis.

La Bibliothèque de M. LE BAS, dans laquelle on remarquera les plus belles œuvres, relatives à l'architecture ancienne et moderne, avait été formée et réunie par lui, non-seulement avec les prédilections du maître guidé dans son choix par l'amour et les besoins de son art, mais aussi avec le soin de l'homme qui n'est resté étranger à aucune branche de nos connaissances, et qui aimait le beau sous toutes ses formes et dans toutes ses manifestations. La littérature italienne y occupe une place importante. Enfin, dans les livres qui ont fait l'objet de ses études et le charme de sa vie, on retrouvera l'artiste éminent, justement curieux des choses littéraires, c'est-à-dire l'homme tout entier.

BIBLIOTHÈQUE

DE

FEU M. HIPPOLYTE LE BAS

ARCHITECTE, MEMBRE DE L'INSTITUT

BEAUX–ARTS.

I. — ESSAIS. — RÉFLEXIONS. — MÉLANGES. — JOURNAUX. — HISTOIRE DE L'ART.

1. Dictionnaire des Beaux-Arts, par Millin. *Paris*, 1838; 3 vol. in-8, d.-rel., v. bl.

2. Bulletin archéologique publié par le comité des arts et monuments. *Paris*, 1840-49; 10 années en 4 vol. in-8, d.-rel. mar. rou.

3. Revue des Beaux-Arts, par F. Pigeory et L. Boulanger. *Paris*, 1850-59; tom. 1 à 10, en livraisons.

4. Instructions du Comité historique des arts et monuments. *Paris, Imp. Imp.*, 1857; 2 part. en 1 vol. in-4, d.-rel. perc. *Figures dans le texte.*

5. Mémoires de l'Institut national de France. (Classe de littérature et beaux-arts, Académie française); 5 vol. in-4 d.-rel. *Imp. Nat., an VI - XII.*

6. Académie des Beaux-Arts. — Séances publiques annuelles, de 1825-65.
   Manquent les années 1861-1862.

7. Transactions of the institute of British architects of
   London. Sessions 1835-**36**. *London*, 1836-42 ; tom. 1er en
   2 parties in-4, cart. toile.

8. Raoul-Rochette. Brochures sur les Beaux-Arts.
   Lettres des conservateurs de la Bibliothèque royale. — Sur un buste de
   Caio Cilnio Mecenate. — Collection numismatique de Gosselin. — Sur
   l'iconographie ancienne. — Sur deux vases peints de travail étrusque, etc.

9. Discours sur les Monuments publics, prononcé le 15 décembre 1791 au conseil du département de Paris, par
   Ar. Guy Kersaint. *Paris*, 1792; in-4, cart. *Plans.*

10. Brochures sur les beaux-arts. (Env. 50).

11. Essais sur le goût dans les décorations d'églises, par
    Gerbaut, 1836. — Tableau des Catacombes de Rome,
    par Raoul Rochette, 1837. — La Cathédrale de Bourges,
    description par Girardot et Durand, 1849.— De la Pein-
    ture à l'extérieur des églises, par Jollivet, 1861. Ens.
    4 vol., d.-rel.

12. Lettres sur l'enlèvement des ouvrages de l'art antique
    à Athènes et à Rome, écrites au célèbre Canova p ar Qua-
    tremère de Quincy. *Paris*, 1836. — Considérations mo-
    rales sur la destination des ouvrages de l'art, ou de l'in-
    fluence de leur emploi. *Paris*, 1815. Ens. 2 vol. in-8, rel.
    et cart.

13. Essai sur la nature, le but et les moyens de l'imitation
    dans les beaux-arts, par Quatremère de Quincy. *Paris*,
    1823; in-8, d.-rel.

14. Recueil de dissertations archéologiques, par Quatre-
    mère de Quincy. *Paris*, 1836; in-8, d.-rel.

15. Recueil de Notices historiques, par Quatremère de Quincy. *Paris, Le Clere*, 1834-37; 2 vol. in-8, d.-rel., v. fauv.

16. La science du beau étudiée dans ses principes, dans ses applications, etc., par Ch. Lévêque. *Paris*, **1861**; 2 vol. in-8, d.-rel. chag. viol.

17. Études sur le Péloponèse, par E. Beulé. *Paris*, 1855; in-8, d.-rel., v. fau.

18. Opere di Giorgio Vasari Pittore e architetto Aretino. *Firenze*, 1822; 7 tom. en 6 vol. in-12, d.-rel., v. bl. *Portraits.*
Contient la Vie des Peintres et autres opuscules.

19. Brochures sur l'industrie, la construction, les beaux-arts, projets de monuments, etc. (Env. 50.)

20. Ouvrages en italien sur les beaux-arts; Roma, Lorette, Venezia, Napoli, Torlonia, Pozoli, etc.; env. 18 vol. in-8, et in-12, d.-rel., et cart.

21. Histoire de l'art chez les anciens, par Winckelmann. *Paris*,1766; 2 vol. in-8, bas.

22. Histoire de l'art monumental, suivie d'un traité de la peinture sur verre, par Batissier. *Paris, Furne*, 1845; gr. in-8, d.-rel., mar. bl. *Figures.*

23. Histoire de l'art par les monuments depuis sa décadence au IVe siècle jusqu'à son renouvellement au XVIe, par Seroux d'Agincourt. *Paris, Treuttel et Wurtz*, 1823; 6 vol. in-fol. d.-rel. perc., dont 3 pour les planches.

II. — ART DU DESSIN.

24. Vocabulario Toscano dell arte del designo, di Ph. Baldinucci. *Firenze*, 1681; pet. in-4, parch.

25. Le due regole della perspettiva pratica di Giacomo Barozzi da Vignola. *Roma*, 1644; pet. in-fol., v. gr. *Planches dans le texte.*

26. Perspectiva pictorum et architectorum Andreæ Putei E. S. J. *Romæ ex typ. Ant. de Rubeïs*, 1702; 2 parties en un vol. in-fol., v. gr. *Planches.*

27. Thenot. Traité de perspective pratique, 1843; in-8, d.-rel. — Morphographie ou l'art de représenter les formes et apparences des corps solides, 1838; in-8, d.-rel. — Méthode pour lever les plans. — Thiollet. Levée des plans; d.-rel. — Traité de perspective par B. Lamy. Ens. 5 vol.

28. La Pratica della perspettiva di Daniel Barbaro. *Venetia*, 1568; in-fol., bas. *Fig. en bois.*

29. La Perspective affranchie... Avec la théorie familière, par le F. P. C. H. Bourgoing. *Paris, Jollain*, 1661; pet. in-fol., bas.
Texte et figures gravées.

30. Application de la perspective linéaire aux arts du dessin, ouvrage posthume de J. T. Thibault, mis au jour par Chapuis. *Paris*, 1827; in-fol., d.-rel. mout. r. *Portrait de l'auteur par Gérard. Planches gravées par Amb. Tardieu.*

31. Leçon de perspective positive par J. Androuet du Cerceau. *Paris,* 1576; in-fol., parch. *60 planches gravées.*
Lég. mouillures.

32. Règle du dessin et du lavis, par Bouchotte, 1721; in-8, rel. — Dictionnaire des Beaux-Arts, par Lacombe, 1745; in-12. — La peinture, par Desouches, 1846. — Dictionnaire iconologique par Lacombe de Prezel, 1746. Ens. 4 vol.

33. Méthode pour faire une infinité de dessins différents avec des carreaux mi-partis de deux couleurs par une ligne diagonale, par le père D. Douat.—Observations sur un mémoire du père Truchet. *Paris, 1722*; in-4, cart. vél. vert. *Figures.*
Ex. de d'Aguesseau.

34. Études d'ombres, par L'Éveillé. *Paris, 1812*; in-4, d.-rel. mar. *Planches.*

35. Géométrie descriptive, coupe des pierres; traité de perspective par Adhémar. *Paris, 1832-36*; 2 vol. in-8 et 2 atlas, d.-rel., v. br.

36. La Géométrie pratique, par Allain Manesson Mallet. *Paris, 1702*; 4 vol. in-8, v. mar. *Figures.*

III. — PEINTURE.

37. Cours méthodique du dessin et de la peinture, par Delaistre. *Paris, 1842*; 2 tom. en 1 vol. in-8, d.-rel., v. br.

38. Des couleurs symboliques dans l'antiquité, par Portal. *Paris, 1837*; in-8, br. — De l'influence des arts du dessin sur l'industrie (mémoire couronné), par A. Hermant, 1857; in-8, d.-rel., chag. rou.

39. Trattato della pittura di Lionardo da Vinci. *Roma, 1817*; in-4, d.-rel., v. fauv. *Portrait.*

40. Idée de la perfection de la peinture, par Roland Fréart, de Chambray. *Paris, 1672*; pet. in-4.

41. Peintures antiques inédites, précédées de recherches sur l'emploi de la peinture dans la décoration des édifices sacrés et publics chez les Grecs et les Romains, faisant suite aux monuments inédits par Raoul-Rochette. *Paris, Imp. Roy.*, 1836; in-4, d.-rel. chag. viol. *Planches coloriées.*

42. L'Abecedario pittorico dall' Parnio. *Napoli*, 1733; petit in-4 d.-rel.

43. Illustri fatti Farnesiani coloriti nel Real Palazzo di Caprarolla dai Fr. Zuccari. *Roma*, 1748; in-fol., d.-rel. *Belles planches gravées.*

44. Galeriæ Farnesianæ ab Annibale Carracio, a Pietro Aquiia delineatæ incisæ. *Romae, J. de Rubeis*; gr. in-fol. oblong, cart.

45. Notice sur les peintures de l'Église de Saint-Savin, par M. Prosper Mérimée. *Paris, Imp. Roy.*, 1845; in-fol. max. d.-rel., v. ant. *Planches imprimées en couleur.*

46. Composition des paysages par Girardin, 1777; in-8; — Lavis des plans, par Lespinasse, 1801; in-8. — Leçons des ombres par Delagardette. — Recueil de descriptions de peinture fait pour le roi. — Dictionnaire des artistes de l'École française au xix° siècle; in-8, br. — Architecture de Bullet, 1788. Ens. 6 vol.

47. Peintures murales de la galerie des Fêtes à l'hôtel de ville de Paris, par H. Lehmann. *Paris*, 1854; album in-fol. cart.
56 planches photographiées.

IV. — GRAVURE EN PIERRES FINES.

48. Gemmæ antiquæ ex thesauro mediceo et privatorum dactyliothecis Florentiæ, exhibentes imagines virorum illustrium et deorum cum observationibus Ant. Francisci Gorii. *Florentiae*, 1732; 2 forts vol. in-fol., d.-rel. *Planches.*

49. Novus thesaurus gemmarum veterum ex insignioribus dactyliothecis selectarum cum explicationibus (J. Ant. Monaldinius. *Romae*, 1781; 2 vol. gr. in-fol., cart.

50. Illustrium imagines ex antiquis marmoribus numismatibus, et gemmis expressa. *Autverpia ex off. Plantiniana,* 1606 ; in-fol., parch.
Recueil factice de planches.

51. Museum Odescalchum sive thesaurus antiquarum gemmarum, A. P. S. Cartolo quondam incisæ. *Romae,* 1751 ; 2 tom. en 1 vol. in-fol., v. mar. *Fig.*

52. Omnium Cæsarum verissimæ imagines ex antiquis numismatis. Æneas Vicus. F. *Anno,* 1554 ; pet. in-4, rel. anc.

53. Augustorum imagines æreis formis expressæ a **J. B.** Du Vallio. *Lutet-Parisior,* 1619 ; in-4, v. gr. *Belles planches de Médailles.*

A la suite :
Comment. in vetera Imperatorum Romanorum numismata a J.-B. Du Vallio. *Parisiis,* 1619. — Discorsi di Enea Vico Parmigiano, sopra le Medaglie de gli antichi opera restituta da G.-B. Du Vallio. *Parigi appresso Maceo Ruette.*

54. Promptuaire des médailles des plus renommées personnes qui ont été depuis le commencement du monde, avec briève description de leurs vies et faits. *Lyon,* 1577 ; in-4, v. fauv., fil. (*Quelques taches et titre raccomm.*)

55. Explications des gravures au trait de quelques tableaux de P.-L. de Laval, par C.-A. de Laval, contin. par **L.-G.** Monnier. *Paris, Le Normant,* 1858 ; in-8, br. *Planches.*

V. — ARCHITECTURE.

56. L'Architettura di Leon Batista Alberti. *In Firenze,* **M. D. L.,** in-fol., parch. *Planches gravées en bois.*

57. I dieci libri di architettura di Leon Battista Alberti, trad. da Cosimo Bartoli. *In Roma,* 1784, in-4, d.-rel. bas. *Planches.*

58. L'Architecture et art de bien bastir du seign. L. B.
Albert, trad. du lat. en franç. par J. Martin. *A Paris,
par Jacques Kerver*, 1553; pet. in-fol., anc. rel. *Planches.*
(*Piqûres de vers au bord de la marge.*)

59. Cours d'architecture en 5 parties par Blondel. *Paris,*
1698; in-fol. v. br. *Figures.*

60. Cours d'architecture ou traité de la décoration, distribution et construction des bâtiments par Blondel. *Paris,*
1771; 9 vol. in-8, texte et planches, d.-rel.

61. LIVRE D'ARCHITECTURE contenant les principes gé-
néraux de cet art, et les plans, élévations et profils de
quelques-uns des bâtiments faits en France et dans les
pays étrangers, par le sieur Boffrand, architecte du
Roy. (Texte français et latin). *Paris, Cavellier*, 1745; in-
fol. v. marbré. *Planches en taille douce.*

62. Nouvelle architecture ou Bullet rectifié, par A. Miché,
2ᵉ éd., par Jay. *Paris*, 1825; 2 vol. in-8, v. br.

63. Luigi Canina. L'Architettura antica, opera divisa in tre
sezioni, Egiziana, greca et romana. *Roma*, 1834-44,
9 parties in-8. et 3 atlas en 4 vol. in-fol. d.-rel. chag.
grenat. *Figures.*

64. Recueil de figures d'architecture dessinées et gravées
à l'eau-forte, par Hier. Cock; pet. in-fol., d.-rel., mar.
rou.

65. DUCERCEAU. Le premier (et le second) volume des plus
excellents bastiments de France, par Jacques Androuet du
Cerceau, architecte. *A Paris, pour ledit Jacques Androuet
du Cerceau.* M. D. C. VII.; 2 tom. en 1 vol. in-fol., v.
marb. *Planches.*
MAGNIFIQUE EXEMPL. grand de marges, aux armes du duc de Lavallière

66. DUCERCEAU. Livre d'architecture de Jacques Androuet du Cerceau, contenant les plans et dessaings de cinquante bastiments tous différents... *Paris*, 1559; in-fol. v. br., reliure du XVIᵉ siècle. (*Le bas du titre racc.*)

67. DU CERCEAU. Recueil de planches gravées à l'eau-forte, comprenant: Arcs de triomphe, Édifices, Mausolées, Cheminées, Fontaines, Colonnes, Plafonds et Perspectives, Parquets; in-fol., d.-rel. (*Environ 178 Planches gravées.*)

68. Des Principes de l'architecture, de la sculpture, de la peinture, etc., par Félibien. *Paris*, 1697; in-4, v. gr. *Planches gravées dans le texte.*

69. Des Principes de l'architecture, de la sculpture, de la peinture et des autres arts qui en dépendent, par Félibien. *Paris*, 1676. — Recueil historique de la vie et des ouvrages des plus célèbres architectes, par le même. *Paris*, 1687. Ens. 2 vol. in-4, v. br. *Figures.*

70. Traité sur l'art de la charpente, publié par J. C. Krafft Paris, *Didot*, 1819; 2 vol. in-fol., d.-rel. mout. vert. *Planches.*
Texte français, flamand et anglais.

71. Libro d'Antonio Labacco appartenente à l'architettura nel qual si figurano alcune notabili antiquita di Roma *Roma*, 1773; in-fol., d.-rel. mar. rou. *Planches.*

72. Libro d'Antonio Labacco appartenente à l'architettura nel qual si figurano alcune notabili antiquita di Roma. — Regola delli cinque ordini d' architettura di M. Giacomo Barrozzio da Vignola.

73. Traité d'architecture avec des remarques pour les jeunes gens qui veulent s'appliquer à ce bel art, par Séb. Le Clerc. *Paris*, 1714; in-4, v. br. *181 figures.*

74. Manière de bastir pour touttes sortes de personnes, par Pierre **Le Muet**. *Paris, Tavernier,* 1623; in-fol. parch.
Don de l'auteur à Hugues Chastillon (1628).

75. Traicté des cinq ordres d'architecture dont se sont servy les anciens, trad. du Palladio, augm. de nouvelles inventions pour l'art de bien bastir, par Le Muet. *Amsterdam,* 1646, pet. in-4, anc. rel., bas. *Figures,*
Aux armes.

76. Les OEuvres d'architecture d'Anthoine Le Pautre. *Paris, Jombert, s. d.;* in-fol. d.-rel. *Portrait de Le Pautre et planches.*
Privilége de 1652.

77. Le premier tome de l'architecture de Philibert de l'Orme. *Paris, F. Morel,* 1568; in-fol., d.-rel. *Nombr. planches grav. en bois.*
Édition rare. Bel exemplaire.

78. Les quatre livres de l'architecture d'André Palladio, mis en françois. *Paris, de l'imp. d'Edme Martin,* 1650; in-fol., v. gr. *Figures en bois.*

79. Le Fabriche e i disegni di Andrea Palladio. Raccolti ed illustrat. da Ottavio Bertotti Scamozzi (avec la traduction française), *Vicenza,* 1776; 4 vol. in-fol., d.-rel., mar, rou. à nerfs. *Planches gravées.*
Bel exemplaire.

80. OEuvres d'architecture de A. Peyre. *Paris,* 1818; in-fol., d.-rel. *Planches.*
Premier exemplaire envoyé par l'auteur avec lettre autographe jointe à l'ouvrage.

81. OEuvres d'architecture de Marie-Joseph Peyre. *Paris,* 1795; in-fol., d.-rel. maroq. r. *Planches.*

82. Traité théorique et pratique de l'art de bâtir, par Jean Rondelet. *Paris,* 1830; 5 tom. en 3 vol. in-4, et 2 vol. de planches. — Supplément, par Abel Blouet. *Paris, Didot,* 1847; 2 tom. en 1 vol. in-4, et atlas in-fol. de planches.

83. Manuel de l'histoire générale de l'architecture chez
tous les peuples, par Daniel Ramée. *Paris, Paulin,* 1843;
2 vol. gr. in-18, d.-rel. v. bleu.

84. L'idea della architettura de V. Scamozzi. *Venetiis,*
1625; 2 parties en 1 vol. in-fol., v. fau. *Planches.*
Reliure un peu fatiguée. Légères mouillures.

85. Les cinq ordres d'architecture de Vincent Scamozzi,
Vicentin. *Paris,* 1675; en 1 vol. in-fol., v. mar.

86. Œuvres d'architecture de V. Scamozzi, trad. du 6ᵉ livre,
par d'Aviler, et des sept autres par S. Du Ry. *Leide,*
1713; in-fol. v. br. *Titre et planches gravées.*

87. Les raisons des forces mouvantes avec diverses machines tant utiles que plaisantes, auxquelles sont adjoints
plusieurs dessins de grottes et fontaines, par **Salomon
de Caüs**. *Paris,* 1624; in-fol., v. gr. (*Très-rare.*)

88. Il primo libro d'architettura, di M. Sebastiano Serlio
Bolognese. *In Venetia, per P. de Niccolini de Sabbio,*
M. D. L. I. in-fol., v. *Nombreuses figures dans le texte,
gravées en bois. (Racc. au dernier ff.)*

89. Livre extraordinaire d'architecture de Sébastien Serlio,
architecte du roy très chrestien. Auquel sont démonstrées
trente portes rustiques de divers ordres, et vingt autres
d'œuvre délicate en diverses espèces. *Lyon, Jean de Tournes,* 1551; in-fol., d.-rel. bas. (*Mouillures sur les marges*).

90. Tutte l'Opere d'Architettura di Sebastiano Serlio Bolognese. *Venetia, presso de Franceschi Seneze,* 1584; in-4,
parch. *Nombreuses planches gravées en bois.*

91. I dieci libr. dell' architettura di M. Vitruvio, trad. et
comment. da Mons. Barbaro. *In Venegia, per F. Marco-
lini,* 1556; in-fol., v. gr. *Planches.* (Titre remonté.)

92. M. Vitruvii Pollionis, de architectura. *Amstelodami,* apud *Lud. Elzevirium*, 1649; pet. in-fol., parch. *Titre gravé et figures en bois dans le texte.*

93. Les dix livres d'architecture de Vitruve, corrigéz et traduits nouvellement en françois avec des notes et des figures. *Paris, Coignard*, 1673; in-fol., v. gr. *Planches.* (*Taches d'humidité au bord des marges.*)

94. Architecture ou art de bien bastir, de M. Vitruve Pollion. *Cologne, Jean de Tournes*, 1618; pet. in-4, parch. *Planches.*

95. Vignole centésimal ou les règles des cinq ordres d'architecture, de J. Barozzio de Vignole. Suivi du tracé des moulures, par F.-A. Renard. *Paris*, 1842; gr. in-8, d.-rel. veau. *Planches.*

96. OEuvre complète de Jacques Barozzi de Vignole. Gr. in-fol., cart. *84 planches.*
Publié par Le Bas et Debret.

97. Cours d'architecture qui comprend les ordres de Vignole, avec les descriptions de ses plus beaux bâtiments et de ceux de Michel-Ange, par d'Aviler, nouv. éd. par P.-J. Mariette. *Paris*, 1760; in-4, v. br. *Figures.*

98. Il Vignola illustrato proposito da G.-B. Spampani e C. Antonini. *Roma*, 1770; in-fol., d.-rel. *Nomb. planches.*

99. Nouveau Vignole au trait ou Élémens des ordres, par Détournelle. An XII; in 4, d.-rel.

100. L'art architectural en France, depuis François Ier jusqu'à Louis XIV, par Eug. Rouyer, texte par Alf. Darcel. *Paris, Noblet et Baudry*, 1863; 2 vol. in-fol. *Planches.*

101. Nuovo methodo per apprendere le teorie et le pratiche della scelta architettura civile, per opera de **G.-D.** Navone e **G.-B.** Cipriani. *Roma*, 1794; in-fol., d.-rel. *Planches.*

102. Parallèle de l'architecture antique et de la moderne, avec un recueil des dix principaux auteurs. *Paris, Emery*, 1702; in-fol., bas. *Planches.*

103. Études relatives à l'art des constructions, recueillies par L. Bruyère. *Paris*, 1823; 2 vol. in-fol., d.-rel. *Planches.*

104. Die Basiliken des christlichen Roms, von Ch. C. Jolias Bunlen. *Munchen*, in-4, br. — Die Basiliken des christlichen Roms Kupfertafeln und Ertlarung. *Munchen*, in-fol., d.-rel. mar. rou. *Planches.*

105. Les édifices circulaires et dômes classés par ordre chronologique, par E. Isabelle, architecte, *Paris, F. Didot*, 1855; gr. in-fol., d.-rel. maroq. v. du Levant. *Planches noires et en couleur*.

106. The designs of Inigo Jones, consisting of plans and elevations for public and private buildings, published by William Kent, with some additional designs. *London*, 1770; 2 tom. en 1 vol. gr. in-fol., v. rac., fil. *Planches.*

107. Considerazioni architettoniche di **N.** d'Apuzzo. *Napoli*, 1824; 2 part. en 1 vol. in-8., d.-rel. ch. br. *Planche.*

108. Ueber altdeutsche Arehitettur und deren ursprung, von J.-C. Costenoble. *Halle*, 1812; pet. in-fol. cart. *Planches.*

109. Du génie de l'architecture, par **J.-A.** Coussin. *Paris*, 1822; in-4, cart. *Figures*.

110. Architettura con diversi ornamenti cavati dall'antico da G.-B. Montano. *Roma*, 1684; 2 vol. in-fol., rel. *Planches gravées*.

111. L'architecture considérée sous le rapport de l'art, des mœurs et de la législation, par C.-N. Ledoux. *Paris*, 1804; tom. Ier, gr. in-fol., d.-rel. maroq. r. *Nombr. planches gravées*.

112. Nouveau précis des leçons d'architecture, par N.-L. Durand. *Paris*, 1813. — Partie graphique des cours d'architecture, par Durand. *Paris*, 1821. Ens. 2 vol. in-4, d.-rel. *Planches*.

113. Traité d'architecture ou proportions des trois ordres grecs, par Jean-Antoine. *Trèves*, 1768; in-4, d.-rel. *Planches*.

114. **Ouvrages divers sur l'architecture, 7 vol.**
Le Génie de l'Architecture, par Camus de Mézières. 1780. — La pratique du trait à preuves de M. Desargues, par A. Bosse. *Paris*, 1643, *fig.* — Essai sur l'architecture par Laugier. 1755, *fig.* — Manuel d'architecture, par Seguin. *Pl.* — Lettres sur l'architecture des anciens et celle des modernes, par Viel de Saint-Meaux. 1787. — Éléments d'architecture, par M. P. D. L. F. 1787. *Planches*. — Mémoires critiques d'architecture, 1702.

115. Traité d'architecture, par Léonce Reynaud. *Paris*, 1850-58; 2 vol. in-4 de texte et 2 vol. in-fol. de planches; d.-rel. maroq. vert.

116. Disegni e Scritti d'architettura di Ottone Calderari. *Vicenza*, 1808; 2 tom. en 1 vol., gr. in-fol., d.-rel. mout. viol. *Planches*.

117. La perspective pratique de l'architecture, par Louis Bretez. *Paris*, 1706; in-fol., d.-rel. *Planches*.

118. Etudes d'architecture de différents maîtres italiens, mises au jour par le sieur Dumont. In-fol., d.-rel.
A la suite se trouvent les détails du théâtre de Lyon élevé par Soufflot

119. Traité de l'architecture civile, par **M.** de La Hire (membre de l'accadémie, professeur d'architecture), in-4, (MANUSCRIT).

Gabriel Philippe de La Hire, fils de Philippe de La Hire, naquit à Paris en 1677.

120. Études d'architecture civile, par Mandar. *Paris, Carilian-Gœury*, 1826; gr. in-fol., d.-rel., bas. *Planches.*

121. Principi di architettura civile di Fr. Milizia. *Bassano*, 1813 ; 3 vol. in-8, d.-rel.

122. Projets d'architecture et autres productions de cet art qui ont mérité les grands prix acc. par l'Académie, l'Institut national de France et les Jurys. *Paris*, 1806 ; in-fol., d.-rel. v. br.

123. Recherches sur l'architecture, la sculpture, la peinture, la menuiserie,la ferronnerie,etc., dans les maisons du moyen âge et de la renaissance. *A Lyon*, par P. Martin. *Paris, Didron, s. d.*; in-4, d.-rel. chag. noir. *Planches noires et en couleur.*

124. Recueil des dessins d'ornements d'architecture de la manufacture de J. Beunat ; in-4, d.-rel. *72 planches.*

125. Ornamenti d'architettura ritrovati fra le ruine delle antiche fabriche di Roma. Nuovamente dati in luce da Carlo Losi. *Roma*, 1773 ; in-4, d.-rel.

126. Remarques sur l'architecture des anciens, par Winckelmann. *Paris*, 1783 ; in-8, d.-rel. v. fau.

127. A popular treatise on the warming and ventilation of buildings, by Richardson, 1839 ; in-8. *Planches.*—Architectural maxims and theorems by Donaldson, 1847. Ens. 2 vol. cart. toile.

128. Traité de construction en poteries et en fer, suivi d'un recueil de machines appropriées à l'art de bâtir, par Eck. *Paris*, 1836 ; in-fol., d.-rel. perc. *Planches.*

129. Traité de l'application du fer, de la fonte et de la tôle, par Eck. *Paris*, 1841; in-fol., d.-rel. perc. *80 planches.*

A la suite : Mémoire sur la construction des nouveaux planchers, par Bazaine.

130. L'art de la charpenterie de Mathurin Jousse, corrigé et augmenté par D. L. H. *Paris*, 1702 ; pet. in-fol., bas. *Planches.*

131. La science de l'ingénieur, par J. R. Delaistre. *Lyon*, 1825 ; 3 vol. in-4, d.-rel. v. r. *Planches.*

132. Traité pratique de la coupe des pierres, par Delaperrelle. *Paris*, 1830 ; in-4, d.-rel. v. *43 planches.*

133. Tableaux détaillés des prix de tous les ouvrages de bâtiment suivant les différentes espèces de travaux, 2e édit. par Morizot, 1820 ; 7 tom. en 6 vol. in-8, d.-rel. v. fauv.

134. Rapports à M. le comte de Montalivet, sur les pénitenciers des Etats-Unis, par Demetz et Abel Blouet. *Paris, Imp. Roy.* 1837 ; in-fol., d.-rel. mar. viol. *Planches.* — Projet de prison cellulaire, pour 585 condamnés, par A. Blouet. *Paris*, 1843 ; in-fol., br.

135. Architecture monastique, par Albert Lenoir. *Paris, Imp. Nat.*, 1852 ; 2 vol. in-4, d.-rel. *Planches dans le texte.*

Avec une lettre autographe d'A. Lenoir.

136. La renaissance monumentale en France, spécimens de composition et d'ornementation architectoniques, par Ad. Berty. *Paris*, 1858-64 ; liv. 1 à 50, gr. in-4, br. *Planches.*

137. Architecture toscane, ou palais, maisons et autres édifices de la Toscane mesurés et dessinés, par Grandjean de Montigny et A. Famin. *Paris, Didot l'aîné,* 1815 ; in-fol. d.-rel. *Planches gravées.*

138. De l'architecture égyptienne, dissertation, par Quatremère de Quincy. *Paris,* an XI (1803); in-4, d.-rel. *Planches.*

139. Essai sur l'architecture des Arabes et des Mores en Espagne, Sicile et Barbarie, par Girault de Prangey. *Paris,* 1841 ; in-8, cart. *Planches.*

140. Architecture arabe, ou monuments du Kaire, mesurés et dessinés, de 1818 à 1825, par Pascal Coste. *Paris, Didot,* 1839 ; in-fol. max., cart. *Planches gravées.*

141. Projet d'un arc-de-triomphe, par Raymond. *Paris, Didot,* 1812 ; in-fol., rel. *Planches.*

142. Projet d'une salle de spectacle pour un théâtre de comédie. *Londres (Paris, Joubert),* 1765 ; in-12, v. fauv. fil. *6 planches.*

143. Encyclopédie méthodique, architecture, par Quatremère de Quincy. *Paris,* 1788 ; 3 vol. in-4, d.-rel. v. br.

144. Histoire de l'architecture, par Th. Hope, trad. de l'anglais, par A. Baron. *Bruxelles,* 1839 ; 2 vol. in-8, *texte et planches,* d.-rel. v. bl.

145. Dictionnaire d'architecture civile, militaire et navale antique, ancienne et moderne, dont tous les termes sont exprimés en français, latin, italien, espagnol et allemand, par Roland le Virlois. *Paris,* 1770 ; 3 vol. in-4, v. mar. *Planches.*

146. Dictionnaire historique d'architecture, par Quatremère de Quincy. *Paris,* 1832 ; 2 vol. in-4. cart.

147. Dictionnaire de l'architecture du moyen âge, par
Berty. *Paris*, 1845 ; in-8, d.-rel. bas. v. *Figures*.

148. L'architecture du ve au xviie siècle et les arts qui en
dépendent : la sculpture, la peinture murale, la peinture
sur verre, par J. Gailhabaud. *Paris*, 1858 ; 4 tom. en 2
vol. in-4, et atlas, d.-rel. ch. vert. *Planches*.

149. Monuments anciens et modernes, histoire de l'architecture des différents peuples, par J. Gailhabaud. *Paris*,
1850 ; 4 vol. in-4, d.-rel. bas. *Figures*.

150. Dictionnaire raisonné de l'architecture française du
xie au xvie siècle, par Viollet-Le-Duc. *Paris. Bance*, 1854-
66 ; 8 vol. (les 2 pr. d.-rel. v. fau.; les autres en livraisons).

VI. — SCULPTURE.

151. Collection des monuments de sculpture réunis au
musée des monuments français, publiés par A. Lenoir.
Paris, an VI ; in-fol., d.-rel. *Planches*.

152. Storia della scultura dal suo risorgimento in Italia
sino al secolo di Napoleone, per servire di continuazione
alle opere di Winckelmann e di d'Agincourt (par Cico-
·gnara). *Venezia*, 1813 ; 3 vol. in-fol. *Nombreuses planches*.

153. Raccolta di ornati esattamente da Marmi antichi
copiati da P. V. In-4, oblong, d.-rel. *Fig*.

154. Thearum statuum ; pars prima exhibens Pedemon-
tium, altera Sabaudiam. *Amstelodami, Joannis Blaeu*,
1687 ; 2 vol. gr. in-fol., v. gr. *Belles et nombreuses planches gravées*.

155. Sculture del palazzo della villa Borghèse detta Pinciana. *Roma*, 1796 ; 2 vol. — Monumenti gaburi della
villa Pinciana descritti da Ennio Quirino Visconti. *Roma*,
1797 ; ens. 3 vol. in-8, bas.

156. Recueil de statues gravées d'après l'antique, par
Périer. *Paris*, 1638; in-fol., bas.

157. Monuments de sculpture anciens et modernes, pub.
par Vauthier et Lacour. *Paris*, 1812 ; in-fol., d.-rel. mar.
v. *Planches au trait*.

158. Musée de sculpture antique et moderne, par le comte
de Clarac. *Paris, Imp. Roy*, 1841 ; 6 vol. in-8 de texte, et
6 vol. in-4 *de planches*, d.-rel. v. rose.

159. Musée des monuments français ; description historique et chronologique des statues en marbre et en
bronze, bas-reliefs et tombeaux des hommes et femmes
célèbres, pour servir à l'histoire de France et de l'Art,
par A. Lenoir. *Paris*, 1800 ; 5 vol. — Peinture sur verre
par le même, in-8. Ens. 6 vol. in-8. d.-rel. *Nombreuses
figures*.

160. Tombeaux d'après les dessins de A. M. Chenavard.
Lyon, 1851 ; in-fol., cart. *Planches*.

161. Fontaines. Esquisses, par A. M. Chenavard, arch.
Lyon, imp. de L. Perrin, 1864-65 ; 2 vol. pet. in-fol.
oblong., cart.

162. Recueil des compositions exécutées ou projetées sur
les dessins de A. M. Chenavard. *Lyon, L. Perrin*, 1860 ;
in-fol., d.-rel. perc.

VII. — LIVRES A FIGURES.

163. Le petit trésor des artistes et des amateurs des arts.
Paris. Huet, an VIII; 3 vol. in-12, br., *ornés de plus de
400 figures grav. en taille-douce*.

164. Iconologie ou nouvelle explication de plusieurs images, emblêmes, et autres figures hyérogliphiques des
vertus, des vices, des arts, etc., tirée des recherches et
des figures de César Ripa, moralisées par **J. Baudouin**.
Paris, 1681 ; in-4, bas. *Figures*.
Piqûres de vers à la marge du haut.

165. Recueil d'amateurs et d'artistes cont. 200 pièces diverses composées et gravées à l'eau forte par différents
peintres et dessinateurs célèbres. *Se vend à Paris, chez
Basan et Poignant* ; in-fol., v. mar.

166. Recueil de décorations intérieures, comprenant tout
ce qui a rapport à l'ameublement, composé par Percier
et Fontaine. *Paris*, 1812, in-fol., d.-rel.; v. vert. *Planches*.

167. Livres de divers ornements pour plafonds, cintres
sur baïssez, galleries et autres, de l'invention de J.
Cotelle. Pet. in-4, parch.

168. Compositions historiques, esquisses, par Chenavard.
Lyon, imp. L. Perrin, 1862-63; in-4 obl., cart., avec suppl.
Figures au trait imp. en bistre.

169. Galerie de la reine, dite de Diane, à Fontainebleau,
peinte par A. Dubois en 1600 ; pub. par Gatteaux et
Baltard, d'après les dessins de Baltard et Percier. *Paris*,
1848 ; in-fol., cart. *Planches*.

170. Livre de diverses grotesques, peintes dans le cabinet
et bains de la reyne regente, au palais royal, par Simon
Voüet, et gravées par Dorigny. *Paris*, 1647 ; in-fol.,
15 planches.
A la fin du volume se trouve une suite de vases et autres sujets par des
maîtres du XVIe siècle.

171. Collection de peintures antiques qui ornaient les palais, thermes, mausolées de Tite, Trajan, Adrien et Con-
stantin, et autres édifices à Rome, aux environs, etc.,
jusqu'à Naples, avec leur description historique. *Rome*,
1781; in-fol. cart. *Figures gravées, en diverses couleurs*.

172. Pitture antiche ritrovate nello scavo aperto di ordine di Pio VI in una vigna accanto. il. v. ospedale da
Giovanni in Laterano. l'anno 1780. *Roma*, 1783; in-fol.
cart. *Figures.*

173. Antiquissimi Virgiliani codicis fragmenta et picturæ
ex bibliotheca Vaticana ad priscas imaginum formas, a
P. Sancto Bartholi incisæ. *Romæ*, 1741; in-fol., d.-rel.
Planches gravées.

174. Diversi ornati delle pareti volte e pavimenti di mo-
saïco esistenti nelle camere della casa di campagnia di
Pompeia da F. Piranesi, 1808, prima parte. *Planches.* —
Arabesques antiques des bains de Livie et de la ville
Adrienne, avec les plafonds de la villa Madame, peints
d'après les dessins de Raphaël et gravés par les soins de
Ponce. *Paris*, 1789; en 1 vol. in-fol., cart. *Planches.*

175. Recueil d'ornements, par Charmeton et autres, gravés par N. Robert; — Fresques de Fontainebleau, par
Francisque; — suites par S. D. Bella, Jean Lepautre et
autres maîtres. En 1 vol. in-fol., d.-rel.

176. Costumes italiens (30), publ. chez Martinet, en 1 vol.
in-8, d.-rel. *Coloriés.*

177. Les campagnes de Louis XV, représentées par des
figures allégoriques avec une explication historique,
par Gosmond de Vernon, pet. in-fol. en feuilles.

178. Archives de la Commission des Monuments historiques, publiées par ordre de S. E. le ministre d'État.
Paris, 1855; 114 liv. in-fol. *Planches.*

179. Recueil des estampes du voyage de Naples et Sicile,
par Houel, en 1 vol. in-fol., d.-rel.

180. Dessins des édifices, meubles, habits, machines et ustensiles des Chinois, par Chambers. *Londres*, 1757. — Plans, élevations and sections of noblemen and gentlemen's houses, by James Paine. *Londres*, 1767; 74 *planches gravées* en 1 vol. gr. in-fol., parch. vert.

181. Recueil d'Estampes. En 1 vol. in-fol., d.-rel.
Contenant une suite de figures dessinées et gravées par Loutherbourg. — — Figures d'enfants par Mariette. — Vases par Damery, etc.

182. Recueil d'estampes, en 1 vol. in-fol., d.-rel.
Sujets divers d'après l'antique. Ornements, vases, bronzes et marbres gr. par Saint-Non; vues de Messine, etc.

183. Monuments français inédits pour servir à l'histoire des Arts, depuis le vi siècle, jusqu'au commencement du xvii; choix de costumes civils et militaires, d'armes, armures, meubles, décorations intérieures et extérieures des maisons, par N. X. Villemin, classés chron. et accompagnés d'un texte historique et descriptif, par André Potier. *Paris*, 1839; 2 vol. in-fol., d.-rel. v. gris. *Planches noires et coloriées.*

Bel exemplaire.

184. Vues d'Italie, de Sicile et d'Istrie, par A. M. Chenevard, archit. *Lyon*, *imp. de L. Perrin*, 1861; pet. in-fol. oblong, cart. *Planches gravées.*
Envoi d'auteur.

185. Recueil d'estampes gravées d'après des peintures antiques italiennes, par Aug. Boucher-Desnoyers. *Paris*, 1821; in-fol., d.-rel.

186. Recueil de vues, plans et costumes, gravés pour servir à l'histoire de Russie, in-fol. cart.

187. Raccolta di cento tavole. Costumi religiosi, civili e militari degli antichi Egiziani, Etruschi, Greci e Romani, da Lor. Roccheggiani. In-fol., parch. (*Lég. mouill.*)

188. Recueil d'estampes anciennes, en 1 vol. in-fol., d.-rel.
Cartouches, ornements, suite de petites pièces par Ostade, etc.

189. Vues de Rome antique et moderne, par Vasi. *Roma*, 1753 ; 4 vol. pet. in-fol., oblong.

190. Souvenirs du Musée des monuments français, collection de 40 dessins, par Biet, gravés au trait, par Normand. *Paris*, 1821 ; in-fol., d.-rel. mout. roug.

191. OEuvres diverses de Piranèse. 2 forts vol. in-fol., d.-rel. maroq.
Vues et monuments d'Italie (premières épreuves).

192. Nuova Raccolta di cinquanta motivi pittoreschi e costumi di Roma, incise all' acqua forte da B. Pinelli. *Roma*, 1810 ; in-4, d.-rel.

193. Raccolta di cinquanta costumi pittoreschi da Barth. Pinelli. *Roma*, 1809 ; pet. in-fol., d.-rel. bas.

194. Recueil de vues de Rome, par Vasi, et 9 autres dess. et grav., par Gio. Batta Falda, en 1 vol. pet. in-fol., d.-rel.

195. Recueil de vues d'Italie, par Zocchi et autres. In-fol. oblong, d.-rel. parch.

196. Recueil de différentes vues d'Italie, d'après Franzetti et autres. Pet. in-4, v. rac., dos. mar. roug.

197. Description des cérémoniès et des fêtes qui ont eu lieu pour le couronnement de Napoléon ; Recueil de décorations, par Percier et Fontaine. *Paris*, 1807 ; gr. in-fol. *Planches au trait*.

198. Seconda parte delle logge di Rafaële nel Vaticano. *Roma*, 1776 ; gr. in-fol., d.-rel. *13 planches*.

199. Onuphrii Panvinii, de ludis circensibus. — De triumphis. *Venetiis*, 1600 ; in-fol., parch. *Nombr. planches gravées*.

200. Victor Orsel. OEuvres diverses. Liv. I à X. Environ 75 planches.

201. Ædes Barberinæ ad Quirinalem a comite Hier. Tetio Perusino descriptæ. *Romæ*, 1642; in-fol. bas. *Figures.* (*Taché.*)

202. Antiquités romaines expliquées dans les Mémoires du comte de B..., contenant ses aventures, un grand nombre d'histoires du temps très-curieuses. *La Haye*, 1750; pet. in-4, v. mar. *100 planches.*

203. Choix de costumes civils et militaires des peuples de l'antiquité, par Villemin. *Paris, de l'imp. de P. Plassan*, 1798; 2 tom. en 1 vol. in-fol., d.-rel. mar. *Planches noires.*

206. Le Imagini de' dei degli antichii di V. Cartari. *Lione*, 1581, in-8, vél. *Figures.* — Emblemata sive symbola a principibus vitis ecclesiasticis ac militaribus Otte Vænio. *Bruxellæ*, 1623; pet. in-4, vél. — Principi di archittetura civile. *Finale*, 1781; 3 vol. in-8, d.-rel.

207. Les Images ou Tableaux de platte peinture des deux Philostrates sophistes grecs, et les statues de Cappistrate, mis en françois, par Blaise de Vigenère. *Paris*, 1637; in-fol., bas. *Fig. de L. Gaultier.*

208. Iconographie chrétienne. Histoire de Dieu, par Didron. *Paris, Impr. Royale*, 1843; in-4, dem.-rel. bas. *Figures.*

209. Le vite de' pontifici di Antonio Ciccarelli, con l'effigie di B. de Cavallieri. *Romæ*, 1588; pet. in-4, v. fauv., rel. fatiguée. *Nombreux portraits.*

210. Vita et miracula sanctissimi patris Benedicti. *Romæ*, 1579; in-fol., d.-rel. *47 planches gravées montées sur papier.*

211. Vitæ et res gestæ pontificum romanorum et cardina-
lium ab initio Ecclesiæ usque ad Clementem IX. Operà
Alph. Ciaconii. *Romæ*, 1677; 4 vol. in-fol., d.-rel. v. br.
Nomb. figures gravées.

212. La Grèce tragique, essai de composition au trait,
gravées à l'eau-forte, par A. Etex, sur la traduction de
Léon Halévy. *Paris*, 1847; in-4 oblong, d.-rel.

213. Sujets de l'Iliade et de l'Odyssée d'Homère, gravés
d'après les dessins et compositions de John Flaxman. —
Compositions d'après les tragédies d'Eschyle, par le
même. *Paris*, 1803; en 1 vol. in-fol., d.-rel.

214. Les travaux d'Ulysse, par Th. Van Thulden. *Paris,
P. Mariette fils*, 1653; in-4 oblong., bas. *Recueil de* 58
planches.

215. Abrégé de l'histoire romaine et de la vie des douze
premiers empereurs romains. 1671; in-4, anc. rel. mar.
r., tr. d.

MANUSCRIT précédé d'un avertissement et d'une dédicace à M. Housset,
seigneur du Haussay, signée Claude Perrault, son filleul, orné de 12 portraits
finement lavés à l'encre de Chine. (Une planche représentant Romulus et
la Louve, annoncé dans l'Avertissement, manque.)
Claude Perrault était âgé de treize ans, lorsqu'il fit ce manuscrit.

216. Athanasii Kircheri E. S. J. Latium, id est, nova et
parallela Latii tum veteris tum novi descriptio. *Amste-
lædami*, 1671; in-fol., d.-rel., mout. vert. *Planches.*

217. L'entrée triomphante de Leurs Majestez Louis XIV et
Marie-Thérèse d'Autriche, son espouse, dans la ville de
Paris. *Paris,* 1662; in-fol., d.-rel. v. *Portrait et belles
planches gravés, d'apr. Jean Marot.*

218. L'entrée de l'empereur Sigismond à Mantoue, gravée
en 25 feuilles, d'après une longue frise, sur un dessin
de Jules Romain, par A. Bonzonnet-Stella. In-4, oblong.

219. Labyrinthe royal de l'Hercule gaulois triomphant, sur le sujet des fortunes, batailles, victoires, etc., de Henri IIII, représenté à l'entrée de la Royne en la cité d'Avignon, le 19 novembre 1600, par A. Valadier. *Avignon, J. Bramereau*, 1601 ; in-4, bas., rel. fatiguée. *Nombreuses figures.*

Légères mouillures. Piqûres de vers à la marge supérieure de sept feuillets.

220. Inlustrium viror. ut exstant in urbe expressi vultus. *Romæ*, 1569 ; in-4, v. gr. *Figures gravées.*

Auxarmes de d'Aguesseau.

221. Imagini delli dei degl'antichi, di Vincenzo Cartari Reggiano, da Lor. Pignoria Padoano. *Venetia*, 1674 ; in-4, bas. *Nombr. fig. gr. en bois.*

222. Hypnétoromachie ou Discours du songe de Polyphile, trad. de langage italien en françois. *Paris*, 1561 ; in-fol. cart. *Figures.*

Le titre et les six premiers feuillets ont été réparés à la main.

223. Les Métamorphoses d'Ovide, avec des explications à la fin de chaque fable, trad. de l'abbé de Bellegarde. *Paris*, 1701 ; 2 vol. in-8, v. gr. *Figures à mi-pages*

224. Fables de La Fontaine, Recueil de croquis, composé et dessiné par Seurre aîné, statuaire, lithographié, par Victor Adam. *Paris, Bance*, gr. in-fol., d.-rel. bas.

VIII. — DESCRIPTIONS DES MONUMENTS.

1° MONUMENTS DE L'ANTIQUITÉ.

225. L'antiquité expliquée et représentée en figures, par dom Bernard de Montfaucon. *Paris*, 1719 ; 5 tom. en 10 parties in-fol., d.-rel. parch. v.

226. Vetera monumenta in quibus præcipue musiva opera
sacrarum profanarumque; ædium structura, **J. Ciam-**
pini. *Romæ*, 1699; 2 parties. — De sacris ædificiis a
Constantino Magno constructis, Ciampini. *Romæ*, 1693;
in-4. Ens. 3 vol. in-4, d.-rel. *Planches.*

227. Huberti Goltzii de re nummaria antiqua opera quæ
extant universa. *Antuerpiæ, Verdussen,* 1708; 5 vol. in-fol.,
d.-rel., v. fauv. *Planches noires et à deux teintes.*

228. Onuphrii Panvinii Veroniensis Augustiani, reïpu-
blicæ romanæ commentariorum libri tres, recogniti et
indicibus aucti ass. in hac editione Sex. Julii, Frontinii
commentarii de aquæductibus et coloniis. *Parisiis,*
1588; in-8. vél.

229. Le Laurentin, maison de campagne de Pline le Jeune,
par Haudebourt. *Paris*, 1838; gr. in-8, cart. *Fig.*

230. Le Laurentin, maison de campagne de Pline le Con-
sul, restitué d'après sa lettre à Gallus, gr. et publ. par
J. Bouchet, arch. *Paris*, 1852; in-4, d.-rel. *Figures sur*
Chine.

231 Raccolta di tempi, antichi opera di Francesco Piranesi.
Roma. s. a.; in-fol., dem.-rel. bas.

232 Monuments et ouvrages d'art antiques restitués d'a-
près les descriptions des écrivains grecs et latins par
Quatremère de Quincy. *Paris*, 1826; 2 parties in-fol.,
cart. *Planches noires et col.*

233 Mission archéologique de Macédoine, fouilles exécutées en 1861, par L. Heuzey et Daumet. *Paris*, 1864; liv.
1 à 6, in-4, br.

234 Cours d'archéologie, professé par M. Raoul-Rochette.
Paris, Renduel, 1828; in-8, d.-rel.

235 Portefeuille des Artistes, ou nouveau Recueil des monuments antiques, gr. et pub. par Guyot. *Paris*, 1806; gr. in-4, rel. *Planches.*

2° MONUMENTS DE LA GRÈCE.

236 Le Mont-Olympe et l'Acarnanie par L. Heuzey. *Paris*, 1860; in-8, d.-rel., ch. viol. *Planches.*

237 Recherches sur les monuments Cyclopéens ou Pélasgiques par Petit-Radel. *Paris, Imp. Royale*, 1841; in-8, d.-rel. *Portrait.*

238 Les antiquités d'Athènes, mesurées et dessinées par J. Stuart et Revett, peintres et architectes, trad. de l'anglais par L. F. F. et pub. par Landon. *Paris, F. Didot*, 1808; 4 vol. in-fol. d.-rel. mout. r.

239 L'Acropole d'Athènes par E. Beulé. *Paris*, 1853; 2 tom. en 1 vol. in-8, d.-rel. v. fau. *Planches.*

240 Monuments inédits d'antiquité figurée grecque, étrusque et romaine par Raoul-Rochette, 1ʳᵉ partie, Cycle héroïque. *Paris*, 1829; 6 livraisons en 3 parties in-fol., d.-rel. *Planches (envoi d'auteur).*

241 Choix d'églises byzantines en Grèce par Couchaud. *Paris, Lenoir*, 1842; in-fol., d.-rel. ch. bl. *Planches noires et coloriées.*
Légères mouillures.

242 Voyages en Grèce et dans le Levant fait en 1843-1844, par A. M. Chenavard arch., E. Rey peintre, et Dalgabio arch. *Lyon, Imp. de L. Boitel*, 1849; in-12, d.-rel. bas. *Figures sur chine.*

243 Voyage en Grèce et dans le Levant fait en 1843 et 1844, par Chenavard architecte. *Lyon, Imp. de L. Perrin* 1858; in-8 et atlas in-fol., cart. en toile. *Nombr. planches gravées.*

244 Six vues et détails dessinés à Athènes en 1843, par A.
M. Chenavard. *Lyon, Impr. Perrin,*1857; in-fol., cart.

245 Le Parthénon, documents pour servir à une restauration, réunis et publiés par Léon de Laborde, membre de
l'Institut, avec la collaboration de M. Paccart. *Paris,
Leleux,* 1848; livr. in-fol. *30 planches noires et coloriées.*

3° MONUMENTS DE L'ITALIE.

246 Dictionnaire histor. et géogr. de l'Italie. *Paris, Lacombe,* 1775, 2 vol. in-8, v. mar. — Voyage en Italie par
l'abbé Barthélemy. *Paris,* 1802; in-8, d.-rel. — Description des Tombeaux qui ont été découverts à Pompéï en
1812, par Millin. *Naples,* 1813; in-8, d.-rel. *Planches.* —
Observations sur les antiquités d'Herculanum par Co-
chin et Bellicard. *Paris,* 1755; in-12, bas. *Planches.*

247 A collection of the most approved exemples of door-
ways from modern buildings in Italy and Sicily. *London,*
1836. — And from ancient buildings in Greece and
Italy by Th. Leverton Donalson. *London,* 1833. Ens. 2 v.
in-4, br. *Figures.*

248 Galerie du Palais Magnani peinte à Bologne par Annibal Carrache et gravée par Chatillon. *Paris,* 1802; in-fol.,
cart.

249 Itinerario de Bologne, Sienne, Padoue, Firenza, Napoli,
Rome, Verone, Perujia. Ens. 9 vol in-8 et in-12, d.-rel.

250 Le Memorie Bresciane, opera istorica et simbolica di
ottavio Rossi. *Brescia,* 1616; in-4, vél. *Figures à l'eau-
forte.*

251 Dichiarazione dei disegni del Reale palazzo di Caserta
(par L. Vanvitelli). *Napoli,* 1756; gr. in-fol., d.-rel., bas.
Planches.

252 Descrizione istorica del monastero di monte Casino con una breve notizia della citta di Casino e di S. Germano per uso e commodo dei Forestieri. *Napoli*, 1741; pet. in-4, v. m. *Planches*.

253 Scelta di architetture antiche e moderne della citta di Firenze, opera dal celebre F. Ruggieri, pub. da G. Bouchard. *Firenze*, 1755; 2 vol. in-fol, d.-rel. bas. *Planches*.

254 Dimostrazione del cav. Prof. archittetto Nicolo Matas per compiere colla facciata la basilica di S. Maria del Fiore. *Firenze* 1859; gr. in-8, d.-rel. bas. bl. *Planches lith.* Envoi d'auteur.

255 Instruzione di quanto puo vedersi di piu bello in Genova in pittura, scultura, ed architectura ecc. Carlo. G. Ratti. — Descrizione delle pitture, scolture che trovansi in alcune citta Borghi, e castelli due riviere delle stato Ligure. *Genova*, 1780; 2 vol. in-8, bas. *Nombreuses figures, costumes et portraits*.

256 Les plus beaux édifices de la ville de Gênes et de ses environs, Recueil publié par P. Gauthier. *Paris*, 1818; 2 vol. in-fol., d.-rel. mar. rou. *Planches*.

257 Descrizione di Milano, ornata con molti disegni in Rame da Serviliano Latuada. *Milano*, 1737; 5 vol. in-12, d.-rel. *Planches*.

258 Monumenti sacri e profani della basilica di Sant, Ambrogio in Milano. dal G. Ferrario. *Milano*, 1824; in-fol., d.-rel., et c. ch. viol. *Planches col.*

259 Souvenirs du golfe de Naples recueillis en 1808, 1818 et 1824 par le comte Turpin de Crissé. *Paris*, 1828; in-fol., d.-rel. mar. rou. *Planches*.

260 Antiquités de la Grande Grèce, aujourd'hui royaume de Naples, gravées par François Piranesi. *Paris*, 1804; gr. in-fol. d.-rel. maroq. r. *Planches*.

261 Stampe del duomo di Orvieto. *Roma*, 1791; gr. in-fol.
37 planches gravées.

262 Les ruines de Pœstum ou Posidonia, ancienne ville de
la Grande Grèce, par Delagardette. *Paris*, an VII; in-fol.,
d.-rel. mar. r.

Exemplaire offert en prix à Hippolyte Le Bas, an VIII de la R. F., avec
la signature de tous les professeurs sur le titre.

263 Raccolta di rami incisa in varie occasioni dalla Regio
ducal, conte di Parma; gravé d'après le dessin de E. A.
Petitot. (1769); in-fol., bas. marb.

Contenant entre'autres les fêtes célébrées à Parme pour les noces de
Ferdinand de Bourbon avec l'archiduchesse Marie-Amélie; culs-de-lampes,
ornements, etc.

264 Pisa illustrata nelli arti del disegno da A. Moronna.
Pisa, 1788; 3 vol. in-8, d.-rel. *Planches.*

265 Theatrum basilicæ Pisanæ studio J. Martinii. 2ᵉ édit.
Romæ, 1728. — Supplément au même ouvrage, 1723, en
un vol. in-fol., vél. *Planches.*

266 Antichita di Pozzuoli. Puteolanæ antiquitates. La Mana
inv. et sculp.; in-fol., d.-rel. v. fau. *Planches.*

267 Itinéraires et descriptions de Pouzole, Gênes, d'Italie,
mémoires de Goldoni. Ens. 10 vol. in-8 et in-12, d.-rel.
et br.

268 Delle Antichità di Rimino. *Venezia*, 1741; in-fol., d.-
rel. *Pl.* — L'ordine Dorico ossia il Tempio d'Ercole da
G. A. Antolini. *Roma*, 1775; in-fol., d.-rel. *Pl.* — Disser-
tazione istor. — Etrusca dal Riccobaldi. *Firenze*, 1758;
in-4, bas. — Lazari Bayfii annot, in legem... *Basilæ*, 1537;
in-4, parch. *Fig.*

269 Architecture moderne de la Sicile, ou recueil des plus
beaux monuments religieux et des édifices les plus remarquables de la Sicile, par J. J. Hittorff et L. Zanth.
Paris, Renouard, 1835; gr. in-fol., d.-rel. v. ant. 75 *planches gravées.*

270 Le Antichita della Sicilia per D. Lo Faso Pietra-Santa Duca di Serra di Falco. *Palermo*, 1842; tom. V in-fol., cart. *Planches*.

271 Architecture antique de la Sicile, recueil des plus intéressants monuments d'architecture, par Hittorff et Zanth. *Paris*, 8 livr. in-fol., br.

272 Pompeïa, par Ernest Breton. *Paris, Gide*, 1855; d.-rel. chagr. vert. *Figures*.

273 Gli ornati delle parieti ed parvimenti delle Stanze dell' antica Pompei. *Napoli*, 1796; gr. in-fol., d.-rel. maroq. r.

274 Description historique de la basilique de Superga près Turin, par Modeste Paroletti. *Turin*, 1808; in-fol., cart. *Figures*.

275 L'arco antico di Susa descritto e designato d'all P. A. Massazza. *Torino*, 1750; in-fol., d.-rel. *Planches*.

276 Turin et ses curiosités par Modeste Paroletti. *Turin*, 1819; in-8, bas.

277 Édifices publics et particuliers de Turin et de Milan, mesurés et dessinés par F. Callet et J. B. C. Lesueur. *Paris*, 1855; in-fol., cart.

278 Le fabriche vedute di Venitia disegnate poste et in prospettiva et intagliate da Luca Carlevariis. *Venetia*, pet. in-fol. oblong, bas. *Planches et coutumes gravées.* Belles épreuves.

279 Le Fabriche e i monumenti cospicui di Venezia illustr. da Leopoldo Cicognara, da Ant. Diedo e da G. Selva, sec. ed. *Venezia*, 1838; 2 vol. gr. in-fol., d. et c. de mar. r., n. rog. *Planches*.

280 Essai historique sur le pont de Rialto, par Ant. Rondelet. *Paris*, 1836; in-fol., cart. *Planches*.

281. Verona illustrata. *Verona*, 1732; 4 vol. in-8. vé *;*
Figures.

282. Il forestiere istruito delle cose piu rare di architettura
e di alcune pitture della citta di Vicenza. di O. Bertotti
Scamozzi. *Vicenza*, 1761; in-4, d.-rel. *Portrait et planches.*

283. Istoria della citta di Viterbo, di F. Bussi. *Roma*, 1742;
d.-rel., in-fol. *Planches.*

4° ROME.

284. Les Antiquités romaines, de Denys d'Halicarnasse,
trad. en franç. par Bellanger. *Chaumont*, an VIII, 6 vol.
in-8, bas.

285. Antiquæ urbis splendor, templa, amphitheatra, thea-
tra.......... opera Jacobi Lauri. *Romæ*, 1612; pet. in-fol.
obl., parch. *Planches.*

286. Ritratto di Roma antica D. Hercole Trivultio. *Roma*,
1627; in-12, bas. *Environ 300 figures.*
Bel exemplaire.

287. Roma antica di Famiano Nardini. *Roma*, 1704; pet.
in-4, vél.

288. Le grand cabinet romain ou recueil d'antiquitez romaines que l'on trouve à Rome, avec les explications de
M. A. de la Chausse. *Amsterdam*, 1706; in-fol., bas. *Titre*
et planches gravés.

289. Descrizione delle pitture, sculture e architetture
esposite al publico in Roma dall' F. Titi. *Roma*, 1763;
— Descrizione del Palazzo apostolico Vaticano d'Ag.
Taja. *Roma*, 1750; ens. 2 vol. in-8, vél.

290. Iconographia veteris Romæ XX tabulis comprehensa
cum notis J. P. Bellorii; accesserunt aliæ VI tabulæ
ineditæ cum notis. *Romæ*, 1754; in-fol., d.-rel. v. *Figures*
et planches.

291. Accurata e succinta descrizione topographica e istorica
di Roma moderna dal Ridolphino Venuti Cortoneze.
Roma, 1767; 4 vol. in-12, parch. *Figures*.

292. Rapport de la Commission mixte instituée à Rome
pour constater les dégâts occas. aux Monuments artistiques par les armées belligérantes. *Paris*, 1850; br.
in-4.

293. Veteres arcus Augustorum triumphis insignes ex
reliquiis quæ Romæ adhuc supersunt, J. Petri Bellorii.
per J. de Rubeis æneis typis vulgati. *Romæ*, 1690; in-fol.,
d.-rel. parch.

294. Speculum romanæ magnificentiæ; in-fol., parch.
Recueil de planches gravées représentant les plus beaux monuments de
Rome, statues, etc., et quelques planches gravées du xvi° siècle.

295. L'Anfiteatro Flavio descritto et delineato dal Carlo
Fontana. *Nell' haia*, 1725; in-fol., d.-rel. *Planches*.

296. Catacombes de Rome, par Louis Perret. *Paris, Gide et
Baudry*, 1851; 6 tom. en 4 vol. gr. in-fol., dont 1 de
texte, d.-rel. maroq. noir. *Planches imprimées en couleur*.

297. Calcografia della colonna Antonina divisa in CL
tavole, ovvero la veduta, l'elevazione, lo spaccato ed i
belli bassirilievi, del P. Domenico Magnan. *Roma*, 1779;
in-fol., d.-rel. bas. *146 planches*.

298. Les plus beaux édifices de Rome moderne, recueil des
plus belles vues des Églises. — Monuments qui existent
encore (1761). — Monuments répandus en plusieurs
endroits de l'Italie, dessinés par Barbault. *Rome*, 1753-
61-70; 3 vol. in-fol., bas. *Planches*.

299. Les Édifices antiques de Rome mesurés et dessinés
très-exactement sur les lieux, par Desgodetz, architecte
du roi. *Paris, Jombert*, 1779; in-fol., d.-rel. mout. r.
Planches.

300. Plante, elevazioni, profili e spaccati degli edifici della villa suburbana di Giulio III, misur. e delin. da G. Stern. *Roma*, 1784; in-fol. max., cart. *Planches.*

301. Indicazione dei principalli edifizi di Roma antica, di Luigi Canina. *Roma*, 1830; in-fol., d.-rel. *Plans.*

302. Édifices de Rome moderne, ou recueil des palais, maisons, églises, couvents, etc., par Letarouilly. *Paris, F. Didot*, 1840; 1 vol. in-4 de texte et 3 vol. grand in-fol. de planches, d.-rel. mar. vert.

303. Del Foro romano, della Via Sacra, dell' anfiteatro Flavio e de luoghi adjacenti, di Ant. Nibby. *Roma*, 1819; in-8, d.-rel. v. *Planches.*

304. Esposizione storica et topografica del Foro Romano et sue adjacenze del L. Canina. 2ᵉ éd. *Roma*, 1845; in-4 et atlas in-fol., cart.

305. Les Fontaines des places et jardins de Rome, de Frascati et de Tivoli, gravés par Gio. Bat. Falda, sous la direct. de Rossi. *Rome*, 1691; 4 parties en 1 vol. pet. in-fol., d.-rel. mar.

306. Vetera monumenta quæ in hortis cælimontanis et in ædibus Matthæiorum adservantur, a Rodulphino Venuti et J. Ch. Amadutio. *Romæ*, 1779; 3 vol. in-fol., d.-rel. *Figures.*

307. Découverte de la maison de campagne d'Horace, par Capmartin de Chaupy. *Rome*, 1767; 3 vol. in-8, bas. *Carte.*

308. Les Plans et les descriptions des deux plus belles maisons de campagne de Pline le consul, avec des remarques sur tous ses bâtiments, par Félibien des Avaux. *Paris*, 1699; in-12, rel.

309. Choix des plus célèbres maisons de plaisance de
Rome et de ses environs, mesurées et dessinées par Percier et Fontaine. *Paris*, 1809; in-fol., d.-rel. *Planches*.

310. Raccolta di monumenti sacri e sepolcrali sculpiti in
Roma nei secoli XV e XVI, misurati e disegnati dallo
arch. Francesco M. Tosi, e a contorno intagliati in rame
da Aless. Becchio. *Roma*, 1842; in-fol. max., cart. *Planches gravées*.

Texte italien, anglais et français.

311. Monumenti antichi inediti, ovvero notizie sulle anti-
chita e belle arti di Roma per 1784 à 1789 et 1805, par
J. A. Guattani, 4 vol. pet. in-4, bas. m., fil. tr. dor.
Nombreuses figures.

312. Interpretatio obeliscorum urbis, per A. M. Ungarel-
lium. *Roma*, 1842; in-fol., d.-rel., d. et c. mar. r., n.
rog.

Exempl. de feu M. Ingres offert à M. Le Bas (*Lettre autographe signée
Ingres, jointe au volume*).

313. Palais, maisons et autres édifices modernes, dessinés
à Rome, par Percier, Fontaine et Bernier. *Paris, de l'Imp.
de Baudouin*, an *VI* (1798); in-fol. v. rac., dos de mar. r.
100 planches gravées.

314. Palazzi di Roma de piu celebri architetti diseguati da
P. Ferrerio; in-fol., d.-rel. m. rou.

315. Del Palazzo de Cesari, opera postuma, di Mons. Fr.
Bianchini. *Verona*, 1738; in-fol., anc. rel. maroq. r.
Planches gravées.

316. Palais Massimi, à Rome, dessiné et publié par Suys
et Haudebourt. *Paris*, 1818; grand in-fol., d.-rel. mar. r.
Planches au trait gravées par Normand.

317. Nicolo de Lapi, owero i Palleschi e i Piagnoni di Mas-
simo d'Azeglio. *Parigi, Baudry*, 1841; 2 tom. en 1 vol.
in-12, d.-rel. — Luisa Strozzi, Storia del Secolo XVI, di
Giov. Rosini. *Parigi, Baudry*, 1834, 2 vol. in-12, d.-rel.
— Ristretto istorico dell' origine degli abitanti della
campagna di Roma, del Ott. Liguoro. *Roma*, 1753; in-8,
d.-rel., non rog. Ens. 5 tom. en 3 vol.

318. Le Palais de Scaurus, par Mazois. *Paris*, 1822; in-8,
d.-rel.

Exempl. tiré sur grand papier vélin, in-4.

319. Nuova pianta di Roma, date in luce da G. Nolli,
1748; in-fol.

320. Description du Théatre de Marcellus, à Rome, rétabli
dans son état primitif, mémoire joint aux plans. etc.,
p. A. L. T. Vaudoyer. *Paris*, 1812; in-8, d.-rel. v. br.

321. Insignium Romæ templorum prospectus, a Jac. de
Rubeis. *Romæ*, 1684; in-fol., bas.

322. Restauration des Thermes d'Antonin Caracalla à
Rome, par Abel Blouet. *Paris, F. Didot*, 1828; gr. in-
fol., d.-rel. *Planches*.

323. Le antiche lucerne sepolcrali, figurate, raccolte dalle
cave sotteranee e grotte di Roma, da P. S. Bartoli, e che
ora sono tra le stampe di L. Ph. de Rossi. *Roma*, 1729;
in-fol., d.-rel. *Planches*.

324. Roma subterranae post Ant. Bosium antesignanum
in qua antiqua christianorum et martyrum cœmeteria,
tituli, monumenta, epitaphia illustrantur studio P.
Aringhi. *Romæ*, 1651; 2 vol. in-fol., bas. *Planches*.

La marge de l'index du 1er vol. est un peu rongée.

325. Architettura della basilica di S. Pietro in Vaticano,
opera di Bramante Lazzari, M. Angelo Bonarota, Maderni,
da G. B. Costaguti seniore, di nuovo data alle stampe da
G. B. Costaguti juniore. *Roma*, 1684; in-fol., v. br.
Planches gravées.

326. Il tempio Vaticano e sua origine, descritto dal Cav.
Carlo Fontana, trad. in lingua latina da Gio: Gius:
Bonnerve de S. Romain. *In Roma*, 1694; in-fol., v. gr.,
tr. d. *Nomb. fig. gravées* (texte latin et italien).

327. Détails des plus intéressantes parties d'architecture
de la basilique de St-Pierre de Rome, levés et dessinés
par G. M. Dumont. *Paris*, 1763; in-fol., d.-rel. *Planches.*

328. La Villa Pia des jardins du Vatican, architecture de
Pirro Ligorio, publiée dans tous ses détails par Jules
Bouchet. *Paris*, 1837; in-fol. d.-rel. ch. v. *Planches.*

329. Castelli e ponti di N. Zabaglia e con la descrizione dell'
trasporto dell' obelisco Vaticano e di altri del caval. D. Fontana. *Roma*, 1743; in-fol., d.-rel. *Portrait et planches.*

330. Villa Aldobrandina Tusculana sive varii illius horto-
rum et fontium prospectus. *Romæ*, 1647; in-fol., parch.
Planches (quelq. mouill.)

331. Villa Medicis à Rome, dessinée, mesurée et publiée
par V. Baltard. *Paris*, 1847; in-fol., d.-rel. v. fau.
Planches.

332. La prima parte della via Appia, dalla porta Capena a
Boville, dal commendatore L. Canina *Roma*, 1853; 2 vol.
in-4. rel. en perc. *Planches.*

5° FRANCE. — VILLES DIVERSES.

333. Galliæ antiquitates quædam selectæ. *Parisiis, Osmont*,
1733; pet. in-4, v. fau. *Planches.*

334. Antiquités de la France, par Clérisseau, texte par Legrand. *Paris*, 1804; 2 vol. in-fol., texte et planches, d.-rel.

335. Monuments érigés en France à la gloire de Louis XV, tabl. du progrès des arts sous son règne, description des honneurs et monuments de gloire accordés aux grands hommes, tant chez les anciens que chez les modernes, par Patte. *Paris*, 1765; in-fol., v. m., tr. d. *Planches.*
Armes sur les plats.

336. Résidences de Souverains, par Percier et Fontaine. *Paris*, 1833; 1 vol. in-4, de texte et 1 vol. in-fol. de planches.

337. Muller's sketches of the age of Francis 1er. *London*, 1841; in-fol., d.-rel. mar. rou. *Planches en chromol.*

338. Choix d'Édifices publics projetés et construits en France dep. le comm. du xıxe siècle, pub. par Gourlier, Biet, Grillon et Tardieu. *Paris, Colas*, 1825-36; 3 vol. in-fol., d.-rel. mout. vert. *Nomb. planches.*

339. Lettre sur les Tours antiques qu'on a démolies à Aix en Provence, par A.-E. Gibelin. *Aix*, 1787; pet. in-fol., v. fau. *Planches.*

340. Histoire de la Ville d'Autun, connue autrefois sous le nom de Bibracte, par J. Rosny. *Autun*, an XI; in-4, d.-rel. *Figures et carte.*

341. Description historique et pittoresque du Château de Chambord, par Merle et Périé. *Paris*, 1821; in-fol. cart. *Planches lithogr.*

342. Monographie de la Cathédrale de Chartres. *Paris, Imp. imp.*, 1842-65; 9 livr. in-fol. *Planches.*

343. Le Château d'Eu. In-4, d.-rel. *Planches.*

344. Fontainebleau, études pittoresques et historiques sur ce château, considéré comme l'un des types de la renaissance des arts en France au XVIe siècle, par Castellan. *Paris*, 1840; in-8, d.-rel. *Planches.*

345. Notice sur les portes Gallo-Romaines de Langres, par Girault de Prangey. *Langres*, 1847; in-4, pap. vél. fort. *3 planches.*

346. Projet du Palais de Justice de la Ville de Lyon, par Baltard. 1830; br. in-4. *Planches.*

347. Lyon antique restauré, d'après les recherches et documents de F. Artaud, par A. M. Chenavard. *Lyon*, 1850; in-fol., cart. *Planches.*

348. Notice historique et topographique sur la Ville de la Guillotière. Projet d'embellissement. Par Ch. Crépet. *Lyon*, 1845; in-4, br., *orné de planches en taille-douce et d'un plan.*

349. Le Château de Neuilly, domaine privé du roi. 1836; in-4, d.-rel. mar. vert. *Planches noires et coloriées.*

350. Nismes et ses environs, par Frossard. *Nismes*, 1834; 2 vol. en 1. *Figures.* — Études archéologiques, historiques et statistiques sur Arles, par J.-J. Estrangin. *Aix*, 1838; in-8. *Figures.* Ens. 2 vol. in-8, d.-rel. v. bl.

351. Specimens of the architectural antiquities of Normandy by Pugin and Le Reux's. *London*, 1827; in-4, d.-rel. ch. v. *80 planches.*

352. Description historique des maisons de Rouen les plus remarquables par leur décoration extérieure et par leur ancienneté, par de la Querière. 1821-41; 2 vol. in-8, d.-rel. v. rou. *Figures.*

353. Monographie de l'Église Notre-Dame de Noyon, par
L. Vitet. *Paris, Imp. royale*, 1845; in-4 et atlas, d.-rel. v.
fau.

354. Monuments d'architecture du septième au treizième
siècle, dans les contrées du Rhin inférieur, pub. par
Sulpice Boisserée. *Munich*, 1842; in-fol., d.-rel. mar. bl.
Planches lithographiées.

355. L'Arc d'Orange, par F. Artaud. Notice sur l'état de l'Arc
d'Orange et des théâtres antiques d'Orange et d'Arles.
Orange, 1840; in-8, d.-rel. *Planches.*

356. Monuments antiques à Orange, arc de triomphe et
théâtre, par Auguste Caristie. *Paris, F. Didot*, 1856; gr.
in-fol., d.-rel. maroq. vert. *Planches.*

357. Histoire de la Ville et du Château de Saint-Germain-
en-Laye, suivie de recherches historiques sur les dix
autres communes du canton (par Abel Goujon). *Saint-
Germain*, 1829; in-8, d.-rel., v. br. *Gravures.*

358. Description de Paris, Versailles, etc., par Piganiol de
la Force. *Paris*, 1742; 8 vol. in-12, fig. — Essais historiques sur Paris, par M. de Saint-Foix. *Paris*, 1766; 5 vol.
in-12, v. mar.

359. Monuments de Vienne, ancienne et puissante colonie
romaine, dessinés par E. Rey, texte par Vietty. *Paris,
Didot*, 1820; gr. in-fol. *Planches lithographiées.*

360. Histoire de la Ville de Vienne durant l'époque gau-
loise et la domination romaine, par Mermet. *Paris, Didot*,
1828; in-8, d.-rel.

361. Exploration scientifique de l'Algérie en 1840-42. Archéologie par Delamare. *Paris, Impr. Nat.*; liv. 1 à 18.
Planches.

362. Exploration scientifique de l'Algérie. — Beaux-Arts,
Architecture et Sculpture, par Ravoisié. *Paris,* 1846-51 ;
liv. 1 à 28 ; in-fol., br. *Planches.*

6° — PARIS.

363. Les antiquités et choses les plus remarquables de
Paris, par Pierre Bonfons, augmentées par Jacques du
Breul. *Paris,* 1608 ; in-8, vél. *Figures.*

364. Voyage pittoresque de Paris, par M. D......, *Paris,* 1765 ;
Fig. — Description historique des curiosités de l'Église
de Paris, par M. C. P. G. *Paris,* 1763 ; *Fig.* — Paris ancien et nouveau, par Le Maire. *Paris,* 1685 ; 3 vol. Ens.
5 vol. in-12, rel.

365. Guide des amateurs et des étrangers voyageurs à
Paris, par Thiéry. *Paris,* 1787 ; 2 vol. in-12. — Itinéraire
portatif ou Guide historique et géographique du voya-
geur dans les environs de Paris. *Paris,* 1781 ; 1 vol. Ens.
3 vol. in-12. *Planches.*

366. Le Géographe parisien, par Le Sage. *Paris,* 1769 ; 2
vol. — Relevé général des objets d'art commandés depuis 1816 à 1830 par la ville de Paris, par Grégoire.
1833. — Dictionnaire des monuments de la ville de Paris
par Roquefort, 1826.

367. Statistique monumentale de Paris, par Alb. Lenoir.
Paris, 1867 ; 35 livr. in-fol. br., et texte in-4, cart.

368. Paris et ses monuments, par Baltard, avec description
historique par Amaury Duval. *Paris,* 1803 ; gr. in-fol.
cart. *Planches gravées.*
Le Louvre, Saint-Cloud, Ecouen, Fontainebleau.

369. Recueil des plans, profils et élévations de plusieurs palais, châteaux, églises, grottes, bâtis dans Paris et aux environs, gravés par Jean Marot; in-4, v. gr. *108 planches*.

370. Vues pittoresques et perspectives des salles du musée des monuments françois et des principaux ouvrages d'architecture, de sculpture et de peinture sur verre qu'elles renferment, par Réville et Lavallée, d'après Vauzelle; avec un texte explicatif, par B. de Roquefort. *Paris, Didot*, 1816; in-fol., d.-rel., v. gris. *20 planches gravées*.

371. Les Monuments de Paris, histoire de l'architecture civile, politique et religieuse sous le règne du roi Louis-Philippe, par F. Pigeory. *Paris*, 1847; gr. in-8, d.-rel. *Fig*.

372. Architecture françoise ou recueil des plans, élévations, coupes et profils des églises, maisons royales, palais, hôtels et édifices les plus considérables de Paris, ainsi que des châteaux et maisons de plaisance situés aux environs de cette ville, par J. F. Blondel. *Paris, Jombert*, 1752; 4 vol. in-fol., v. fauv., fil., chiffres sur les plats. *Nombr. planches en taille-douce*.

Très-bel exemplaire.

373. Recueil de vues de Paris et des châteaux de France, dessinées et gravées par Pérelle. Gr. in-4, d.-rel. v. *128 planches*.

374. Dictionnaire des rues de Paris et de ses monuments, par F. et L. Lazare. *Paris,* 1844; gr. in-8, d.-rel., bas.

375. Histoire de la Sainte-Chapelle royale du palais, enrichie de planches, par S. Jér. Morand. *Paris,* 1790; in-4, bas. rac., fil.

376. Description générale de l'Hostel Royal des Invalides, par L. J. D. B. *Paris*, 1683; in-fol., d.-rel., bas. *Belles planches gravées par Marot.*

377. Le Tombeau de Napoléon Ier aux Invalides, notice par Albert Lenoir. *Paris*, 1855; in-4, cart. *43 gravures sur bois.*

379. Plan topographique de l'église de Saint-Philippe (faubourg Saint-Honoré). 15 planches par Chalgrain, gravées par Taraval, en 1 vol. gr. in-fol. d.-rel.

380. Plans, coupes, élévations et détails de l'église de St-Eugène, par A. Lusson. *Paris*, 1855; pet. in-fol., cart. *Planches.*

381. Nouveau Palais de la Justice, d'après les plans de Perrard de Montreuil. *Paris*, 1776; br. in-4.

382. Description de la rotonde des Panoramas élevée dans les Champs-Élysées, par Hittorff. *Paris*, 1842; in-4, cart. *Plans.*

383. Brochures sur la restauration du Panthéon, par Vaudoyer, Gisors, A. Quatremère et Patte. 1770; an VI-VII.

384. Marché des Blancs-Manteaux, par Delespine. *Paris*, 1827; in-fol., cart. *Planches.*

385. Plans du palais de la Bourse de Paris, et du Cimetière Mont-Louis, en six planches, par A. Th. Brongniart. *Paris, Crapelet*, 1814; in-fol. cart.

386. Documents relatifs aux travaux du Palais de Justice et à la reconstruction de la Préfecture de police. *Paris*, 1858; in-4 de texte et gr. in-fol. de planches.

387. La Colonne de la Grande-Armée d'Austerlitz ou de la Victoire, par Amb. Tardieu. *Paris, Tardieu*, 1822; in-4, d.-rel. *Planches gravées.*

388. Arc de triomphe des Tuileries, érigé en 1806, d'après les dessins et sous la direction de Percier et Fontaine. Dessiné, gravé et publié par Normand fils. *Paris, Bance, s. d.*; in-fol., d.-rel., mar. r.

389. Arc de triomphe de l'Étoile, projet par Chalgrain, architecte du Sénat. Planche gravée par Normand et texte explicatif, pet. in-4, oblong, d.-rel.

390. Arc de triomphe de l'Étoile, par J. D. Thierry, architecte. *Paris, typ. de F. Didot*, 1845; gr. in-fol., d.-rel. *Planches.*

391. Paris municipe ou tableau de l'administration de la ville de Paris, depuis les temps les plus reculés jusqu'à nos jours, par Alexandre de Laborde. *Paris*, 1833; in-8, d.-rel.

Préc. de : Sur l'obélisque de Louqsor et les embellissements de la place de la Concorde; par Miel.

392. Plans, coupes, élévations et détails de la restauration de la Chambre des Députés, de sa nouvelle salle des séances, de sa bibliothèque et de toutes ses dépendances, suivis de sa salle provisoire par J. de Jolly. *Paris,* 1840; gr. in-fol. d.-rel. *Planches.*

393. Le magnifique chasteau de Richelieu en général et en particulier, les plans, élévations, etc., gravé et réduit au petit pied, par J. Marot; in-4, oblong, v. br.

294. Le Palais-Royal, 1829. *Paris, Gaultier-Laguionie*, 1829. — Histoire du Palais-Royal. *Paris*, 1830; en 1 vol. in-8, d.-rel. v. bl.

395. Histoire du Palais-Royal, 1834; in-4, d.-rel., mar. r. *Planches.*

396. Le palais des Tuileries, le palais du Louvre, le Palais-Royal, le château de Fontainebleau, etc., domaines de la Couronne; 2 vol. in-4, cart. *Planches*.

397. Le palais du Luxembourg, depuis sa fondation 1615 jusqu'en 1845. par A. de Gisors. *Paris*, 1847; in-4, cart. *Planches*.

398. Musée des Antiques, dessiné et gravé par P. Bouillon, peintre, avec des notices par de Saint-Victor. *Paris, P. Didot l'aîné, s. d.*; 3 vol. gr. in-fol., d. rel., mar. r., non rogné.

399. Muséum d'histoire naturelle. (Serres chaudes, galeries de minéralogie, etc., etc.), par Ch. Rohault fils. *Paris*, 1837; gr. in-fol., d.-rel. mar. noir. *Planches*.

400. Mémoire sur les hôpitaux civils de Paris, par Clavereau. *Paris*, an XIII (1805); in-8, d.-rel. *Planches*.

401. Inscriptions françaises et latines prop. pour divers monuments de Paris et de l'Europe, par Dubos. *Paris*. 1809; br. in-4.

402. Notice des Tableaux exposés dans les galeries du musée impérial du Louvre, par Fréd. Villot. *Paris, Vinchon*, 1849-55; 3 vol. gr. in-8. *Gr. papier vergé.* — Notice des monuments exposés, dans les galeries d'antiquités Égyptiennes, au musée du Louvre, par Emm. de Rougé. *Paris*, 1849; gr. in-8, pap. vergé.

7°. — ÉTRANGER.

403. Setcheis in Belgium and Germany, by Louis Haghe. *London*. 1840; in-fol., d.-rel., mar. *Planches en chromo*.

404. Les ouvrages d'architecture ordonnés par Pierre Post. *Leide*, 1715; in-fol., d.-rel. *Planches*.
Portrait de Maurice de Nassau, Maison du prince, Swanenburg, Ryxdorp, Maëstricht et Vredenburg.

405. Mosquée de Cordoue, vue générale, détails et plans dessinés sur les lieux en 1833, par Girault de Prangey, lith. par Asselineau, Chapuis, etc. — Souvenirs de Grenade et de l'Alhambra, par Girault de Prangey. *Paris*, 1837; *Planches lithographiées*. En 1 vol. gr. in-fol., d.-rel., mar. grenat.

406. Ioniam antiquities published with permission of the society of Dilettanti by Chandler, Revette and W. Pars. *London*, 1759; in-fol., d.-rel., ch. grenat. *Planches*.

407. Monument élevé à la gloire de Pierre-le-Grand, par le comte Marin Carburi de Céphalonie. *Paris*, 1777; in-fol., v. ant. *Planches*.

408. Relation nouvelle d'un voyage de Constantinople, par Grelot. *Paris,* 1680; in-4, v. gr. *Planches*.

409. Description de l'Arménie, la Perse et la Mésopotamie, par Texier; 1re partie, liv. 1 à 4. *Paris*, 1842; in-fol. *Planches*.

410. Hieronymi Pradi J. B. Villalpandi e S. J. in Ezechielem explanationes, apparatus Urbis ac templi Hierosolymitani. *Romae*, 1606; 3 vol. in-fol., v. br. *Figures*.

411. Les figures du temple et du palais de Salomon, par Maillet. *Paris,* 1695; in-fol., v. br. *Planches*.

412. Trattato delle Piante et imagini de' sacri edifizii di Terra santa dal Bernardino amico da Gallipoli. *Firenza*, 1620; in-4, v. m. *Planches*.

413. Monuments modernes de la Perse, mesurés, dessinés et décrits par Pascal Coste. *Paris,* 1864-65; 26 liv. in-fol. *Texte et Planches*.

414. Voyage en Perse de MM. Eugène Flandin, peintre, et Pascal Coste, architecte, attachés à l'ambassade de France en Perse pendant les années 1840 et 1841. *Paris, Gide et Baudry*, 1851. — Relation du voyage par E. Flandin ; 2 vol. in-8, d.-rel., mar. rou. Cartes. — Texte et planches. 6 parties en 4 vol. gr. in-fol., d.-rel., mar. rou.

415. Monuments de Ninive, découverts et décrits par P. E. Botta, mesurés et dessinés par E. Flandin. *Paris, Imp. Nat.*, 1849 ; 5 vol. gr. in-fol. de texte et planches, d.-rel. mar. vert.

416. Parallèles des édifices anciens et modernes du continent africain, par Trêmaux. *Paris, Hachette*, atlas in-fol. d.-rel. *Planches.*

417. Fouilles à Carthage, par Beulé. *Paris*, in-4. *Planches.*

418. Notice sur la construction et la dédicace de la chapelle Saint-Louis, érigée sur les ruines de l'ancienne Carthage. *Paris*, 1841 ; in-4, d.-rel. *Planches.*

419. Architecture arabe ou monuments du Kaire, mesurés et dessinés de 1818 à 1826, par Pascal et Coste. *Paris, Didot*, 1837 ; in-fol., d.-rel. v. gris.

30 vues coloriées. Collection précieuse extraite de l'ouvrage de M. Coste sur les édifices du Caire.

420. Recherches sur les hiérons de l'Égypte, les temples grecs, etc., par Gail. *Paris*, 1823 ; in-8, d.-rel. v. br. — Recherches pour servir à l'histoire de l'Égypte pendant la domination des Grecs et des Romains, par Letronne. *Paris*, 1823 ; in-8, d.-rel.

421. Les antiquités inédites de l'Attique, cont. les restes d'architecture d'Eleusis, de Rhamnus, de Sunium et de Thoricus, par la société des dilettanti, trad. de l'anglais, par Hittorff. *Paris, F. Didot*, 1832. *Planches.*

422. Voyage en Ethiopie, au Soudan oriental, et dans la Nigritie, par Trémaux. *Paris, Hachette,* 1862; 3 vol. in-8, br.

423. Antiquités de la Nubie, ou monuments inédits des bords du Nil, situés entre la première et la seconde cataracte, dessinés et mes. en 1819, par F. C. Gau. arch. *Stuttgart, Paris (imp. F. Didot),* 1822; gr. in-fol., d.-rel. mar. r. *Planches.*

BIOGRAPHIE.

424. Entretiens sur les vies et les ouvrages des plus excellents peintres anciens et modernes, par Félibien. *Paris.* 1685; 2 vol. in-4, v. br.

425. Le vite de' piu celebri architetti d'ogni nazione e d'ogni tempo, precedite da un saggio sopra l'architettura, da G. A. Monaldini. *Roma,* 1768; in-4, d.-rel.

426. Le vite de' piu eccelenti pittori, scultori et architettori, scritte da G. Vasari. *Fiorenza,* 1568; 3 parties en 2 vol. in-4, anc. rel. v. br. *Nombreux portraits.*

427. Histoire de la vie et des ouvrages de Michel-Ange Buonaroti, par Quatremère de Quincy. *Paris, Didot,* 1835; in-8, d.-rel. *Portrait.*

428. Histoire de la vie et des ouvrages de Raphaël, par Quatremère de Quincy. *Paris,* 1824; in-8, d.-rel., *Portrait.*

429. Appendice à l'ouvrage intitulé : Histoire de la vie et des ouvrages de Raphaël, par Quatremère de Quincy, acc. de renseignements sur divers artistes, par le baron Boucher-Desnoyers. *Paris,* 1852; in-4, cart. *2 planches.*
Tiré à petit nombre et non mis dans le commerce.

430. Canova et ses ouvrages, par Quatremère de Quincy. *Paris*, 1834 ; in-8, d.-rel. v. fauv. *Portrait.*

431. Vita di Benvenuto Cellini da lui medesimo scritta, da G. Palamède Carpani. *Milano*, 1806 ; 3 vol. in-8, d.-rel. *Portrait.*

432. Mémoires sur la vie et le siècle de Salvator Rosa, par Lady Morgan. *Paris*, 1824 ; 2 vol. in-8, d.-rel., v.

433. Notice historique sur la vie et les ouvrages de quelques architectes français du xvie siècle ; figures des monuments qu'ils ont construits, par Callet, 1re éd. *Paris*, 1842 ; in-8, d.-rel., m. rou.

434. Vies des architectes anciens et modernes, par Pingeron. *Paris*, 1771 ; 2 vol. in-12, v. mar.

435. Histoire de la vie et des ouvrages des plus célèbres architectes du xie siècle jusqu'à la fin du xviiie, par Quatremère de Quincy. *Paris*, 1830 ; 2 vol. gr. in-8, cart., *47 planches.*

436. Recherches sur la vie et les ouvrages de quelques peintres provinciaux de l'ancienne France, par Ph. de Chennevières-Pointel. *Paris*, 1847-54 ; 3 vol. in-8, br.

437. Notices et biographies d'artistes. 2 vol. in-8, d.-rel., v.

Mercier-Dupaty, par Coupin, 1826. — Gros, par C.-V. — Gatteaux, par Miel. — Bruyère, par Navier, 1833. — Fr. Masson, statuaire. — Durand, par Rondelet. — Bienaimé, par Mirault. — Révoil, par Martin. — Daussigny, 1842. — Bidauld, paysagiste, par de Gaulle. — François Gérard, par Ch. Lenormant, 1817. — Granet, par Joffrey. — Le Gendre-Héral, par Pointe, 1840. — N. Poussin, par Raoul Rochette — Sébastien Bourdon, par X. A — Soufflot. — Stefano Gasse, da Quattromani. *Napoli*, 1840. — Les deux Giraud, par Miel. — J.-L. David, par Coupin. — Roland, par David (d'Angers). — Prudhon, par Voiart.

438. Vie de David, par M. Th*** (Thibaudeau). *Paris*, 1826;
in-8, d.-rel. *Portrait*

A la suite :

Rectification de quelques erreurs commises par l'auteur de la Vie de
J.-L. David, Ant.-Claire Thibaudeau, son ancien collègue à la Convention.
Notes par M. Delafontaine, ancien élève de David (MANUSCRIT).

439. Notizie de Professori del dissegno, dal 1580 al 1610,
opera Postuma di F. Baldinucci. *Firenze*, 1702 ; in-4,
parch.

440. Monumenta illustrium virorum et elogia, studio
M. Zuerii Boxhornii. *Amstelodami*, 1638 ; in-fol., v. fau.
Planches.

Livre curieux, gravures estimées.

441. Souvenirs de la vie et des ouvrages de F. J. Delannoy, arch. ; in-4, cart.

442. Souvenirs de la vie et des ouvrages de F. J. Delannoy
(publié par son fils). *Paris*, 1839 ; in-fol., cart. *Portrait
sur chine et planches.*

442 bis. Souvenirs. — Portraits. — Derniers souvenirs et
portraits, par F. Halévy, secrétaire perpétuel de l'Académie des Beaux-Arts. *Paris*, 1861-63 ; 2 vol. in-18, br.

THÉOLOGIE.

443. HORÆ, in laudem beatiss. semper Virginis Mariæ
secundum consuetudinem curiæ romanæ. *Parisiis,
apud Magistrum Gotofredum Torinum Bituricum.* (A la fin)
Excudebat Simon Colinaeus, Parisiis.... Anno M. D. XXV ;
in-8, bas. (*Piq. de vers*)..

Nombr. figures et encadrements de Geoffroy Tory.

443 *bis*. Histoire de l'ancien et du nouveau Testament,
représentée en 586 figures, avec un discours abrégé.
Paris, Hérissant, 1771 ; in-8, parch. *Figures gravées en
bois et cartes.*

444. La Bible, traduction nouvelle avec l'hébreu en regard, par S. Cahen. *Paris*, 1831 ; 18 vol. in-8, d.-rel, ch. n.

445. Dictionnaire historique, critique, chronologique, etc., de la Bible, par Dom Aug. Calmet. *Paris*, 1722 ; 2 vol. in-fol., bas. *Planches.*

446. L'Imitation de Jésus-Christ, trad. du R. P. de Gonnelieu. *Paris, Janet*, 1822 ; in-8, v. rose, fil., riches dorures sur les plats, tr. dor. *Figures. (Simier.)*

447. Oraisons funèbres de Bossuet, Fléchier, et autres orateurs, avec un discours par Dussault. *Paris, Janet*, 1820-26 ; 4 vol. in-8, v. ant., dent., gauf. à froid. *Figures.*

448. Petit Carême de Massillon, in-18, maroquin viol., fil., tr. d. *Garnier*, 1829. (*Édition unique.*)
Rareté typographique ; volume imprimé *sans un mot coupé.*

449. Discours de la religion des anciens Romains, par G. du Choul. *Lyon, G. Roville*, 1556 ; pet. in-fol., bas. *Figures et médailles.*

450. Le Coran, traduction de Savary. *Paris*, 1829 ; 3 vol. in-18, br.

SCIENCES ET ARTS.

451. De la sagesse, livres trois. Par M. Pierre Charron. *A Bourdeaus, par Simon Millanges*, 1607 ; pet. in-12, veau marb.

452. Essais de Michel de Montaigne, édit. selon l'orthographe de l'auteur. *Paris, Tardieu-Denesle*, 1828 ; 6 vol. in-8, d.-rel, mar. r., n. rog.

453. Mélanges de philosophie, d'histoire et de littérature, par de Féletz. *Paris*, 1828 ; 6 vol. in-8, d.-rel. v. fau.

454. Nouvelles études du cœur et de l'esprit humain, par Duqueylar. *Paris*, 1840 ; in-8, d.-rel. m. rou.

— 53 —

455. La théorie et la pratique du jardinage, par L. S. A. I.
D. A. *Paris, Jean Mariette*, 1713; in-4, bas. *Planches*.

456. Théorie des jardins. *Paris*, 1776; in-8, v. fau. — Essai
sur les jardins, par Watelet. *Paris*, 1764; in-8, d.-rel.

457. Histoire naturelle de Pline, trad. en françois avec le
texte latin rétabli d'après les meilleures leçons manus-
crites, accompagnée de notes critiques (par Poinsinet
de Sivry). *Paris*, 1771-82; 12 vol. in-4, cart.

458. OEuvres complètes de Buffon, par Lacépède. *Paris*,
1817; 12 vol. — Histoire naturelle des quadrupèdes
ovipares, par Lacépède. *Paris*, 1819; 5 vol. Ens. 17 vol.
in-8, d.-rel. *Figures noires*.

459. Du système pénitentiaire en Europe et aux États-Unis,
par Ch. Lucas. *Paris*, 1828; 2 vol. in-8, d.-rel, v. fau.

460. Ouvrages divers relatifs à la musique, par Georges
Kastner, de l'Institut, 1848-58; 7 vol. in-4, br.

Manuel général de musique militaire. — La harpe d'Eole et la musique cosmique. — Les Voix de Paris. — Les Danses des Morts. — Les
Chants de la Vie. — Les Chants de l'Armée française. — Les Sirènes.

461. Annuaires publiés par le bureau des Longitudes.
1829-54; 24 vol. in-18, br. (*Quelques lac.*)

462. Rapport historique sur l'état et les progrès de la littérature depuis 1789, par Chenier, 1815. — Rapport sur
les sciences mathématiques, par Delambre, 1810; —
Rapport sur l'histoire et la littérature ancienne, par Dacier, 1810. — Rapport sur les sciences naturelles, par
Cuvier, 1810; 4 vol. in-4, d.-rel.

463. Comptes-rendus de l'Académie des sciences, 1849-52 ·
12 tomes, in-4, br.

Manquent 1849, 1er sem., no 8; 2me sem., no 1. — 1851, 2e sem., nos 9
et 22.

464. Académie française. — Séances publiques annuelles,
1836-65.

Manquent les années 1846—1851—1856—1857.

465. Académie des inscriptions et belles-lettres. —Séances
publiques annuelles, 1846-66.

Manquent les années 1846—1862—1863—1864.

466. Académie des sciences morales et politiques. —
Séances publiques annuelles, 1836-58.

Manquent les années 1838—1839—1840—1851—1852—1853—1855.

467. Séances publiques annuelles des cinq Académies,
1830-65.

Manque l'année 1854.

468. Expédition scientifique de Morée, par A. Blouet et
autres. *Paris, F. Didot*, 1831 ; 3 vol. gr. in-fol., d.-rel.,
maroq. *Planches*.

BELLES-LETTRES

I. — LINGUISTIQUE.

469. Cours complet de langue universelle. *Paris*, 1852 ;
2 vol. — Applications de la langue universelle aux
sciences et aux lettres, par Letellier. *Paris*, 1852-55 ;
2 vol. Ens. 4 vol. gr. in-8, br.

470. Dictionnaire universel françois et latin de Trévoux,
et supplément. *Paris*, 1743 ; 7 vol. in-fol., v. m.

471. Dictionnaire de l'Académie française, 6ᵉ édit. *Paris*,
1835 ; 2 vol. in-4, d.-rel. v. fau.

472. Tableau de la marche et des progrès de la langue et
de la littérature françaises depuis le commencement du
xviᵉ siècle jusqu'en 1610, par Ph. Chasles. *Paris, Didot*,
1828; in-4, d.-rel. v. ant.

473. Dizionario Italiano latino e francese, del sig. Antonini. *Venezia*, 1793 ; 2 vol. in-4, d.-rel. v. fau.

474. Dictionnaire général italien-français de Buttura. *Paris, Baudry*, 1850 ; grand in-8, d.-rel. bas. rose. — Grammaire de Biagioli, 1808. — Traité de la prononciation de la langue italienne, par Scoppa. 1803. Ens. 3 vol.

475. Dictionnaires. 9 vol., dont : Dict. des Synonymes, — Manuel lexique, — Dict. social et patriotique, — Dict. des Rimes, — Dict. des Antiquités grecques et romaines, — Dict. géographique, par Vosgien.

476. Vocabulario de gli Academici della Crusca, imp. Napolitana secondo l'ultima di Firenze. *Napoli*, 1746 ; 6 parties en 5 tom. in-fol., parch.

477. Petit Trésor de la langue italienne et de la langue française, par Barberi. *1821 ;* in-8, d.-rel. v. fau. — Trésor de la langue toscane, par Biagioli. *1846 ;* in-8, d.-rel.

II. — POÉSIE.

478. L'Odyssée et l'Iliade d'Homère, trad. de Bitaubé. *Paris*, 1785 ; 6 vol. in-8, bas.

479. La Batrachomyomachie d'Homère, trad. en français par J. Berger de Xivrey. *Paris*, 1837 ; in-18, br. *Portr.*

480. Théâtre de Sophocle, traduit en entier avec des remarques, par de Rochefort. *Paris*, 1788 ; 2 vol. in-8, bas.

481. Les Comédies de Térence, avec la traduction et les remarques de Mme Dacier. *Amsterd., Arkstee et Merkus,* 1747 ; 3 vol. in-12, veau marb. *Fig. de B. Picart, gravées au trait.*

482. Les Poésies d'Horace, trad. par l'abbé Batteux. *Paris,* 1781; 2 vol. — Hist. des Révolutions romaines, par Vertot. *Paris,* 1806; 4 vol. Ens. 6 vol. in-18, rel.

483. Odes d'Horace, trad. en vers français par Léon Halévy, avec le texte en regard et des notes. 2ᵉ édit. *Paris, Méquignon-Marvis,* 1824; in-8, d.-rel. v. bl.

Traduction estimée, devenue rare.

484. OEuvres d'Ovide, Catulle, Properce, Pétrone et Tibulle. *Paris, Guillemard,* 1819; 17 vol. in-12, d.-rel. bas. *Figures.*

485. Nouvelle traduction des Métamorphoses d'Ovide, par Fontanelle. *Paris,* 1767; 2 vol. in-8, v. m. *Figures.*

486. OEuvres complètes de J. Racine, avec les notes de tous les commentateurs, édition publiée par L. Aimé Martin. *Paris, Lefèvre,* 1820; 6 vol. in-8, bas., fil. *Figures.*

487. OEuvres de Boileau avec un Commentaire par Amar. *Paris, Lefèvre,* 1824; 4 vol. in-8, v. gr., gauf. *Portrait.*

488. OEuvres complètes de Molière, avec des notices historiques et littéraires. *Paris, Sautelet,* 1825; 6 vol. — Histoire de la vie et des ouvrages de Molière, par Taschereau. *Paris, Brissot-Thivars,* 1828; 1 vol. in-8. Ens. 7 vol. in-8, d.-rel. v. fau.

489. Fables de La Fontaine. *Paris, imp. Didot l'aîné, an X;* 2 vol. in-fol., d.-rel. mar. rou. *Frontispices gravés par Girardet, d'après Percier.*

490. OEuvres poétiques de J.-B. Rousseau, avec un Commentaire par Amar. *Paris, Lefèvre,* 1824; 2 vol. in-8, pap. vél., v. bl., gaufré. *Portrait.*

491. Le Temple de Gnide, mis en vers par Colardeau. *Paris, Le Jay, s. d.*, in-8, v. m., fil. *Figures de Monnet.*

492. Poésies et Idylles, par Fontenelle, Delille, Deshoulières, Milton, Gessner. Ens. 10 vol. reliés.

493. Esope grec et latin, trad. en français, par Chamfort et J.-B. Gail. *Paris, an V;* 4 tom. en 2 vol., d.-rel. v. vert.

494. Luther, poème dramatique en 5 parties, par L. Halévy. *Paris*, 1834. — Poésies européennes, imitations en vers, par le même. *Paris*, 1833; in-8, d.-rel. mar. bl.

495. La Grèce tragique, par Léon Halévy. *Paris*, 1846-61; 3 vol. in-8, d.-rel.

Cet ouvrage, couronné par l'Académie française, est épuisé et ne se trouve plus dans le commerce.

496. Ouvrages divers du même. 6 vol. ou br. in-8 et in-12, dont :

F. Halévy, sa vie et ses œuvres. *Paris*, 1863. *Portrait sur chine.*
— Martin-Luther ou la Diète de Worms, drame historique. 1866. — Le Czar Démétrius, trag. 1829. — Ce que fille veut, comédie en vers. 1859. — Macbeth, tragédie. 1862. — Electre, tragédie. 1864.

497. Fables, par Léon Halévy. 2ᵉ édit. *Paris, Gide,* 1848 (ouvrage couronné par l'Académie française). — Hérodien. Histoire romaine, trad. du grec par Halévy. *Paris, Didot,* 1860. — Histoire résumée de la littérature française, par le même, 2ᵉ édit. *Paris*, 1838. Ens. 4 vol. in-12 et in-18, d.-rel.

498. Opere poetiche di Dante Alighieri con note di diversi per diligenza e studio di Ant. Buttura. *Paris, Lefèvre,* 1823; 2 vol. — Memorie per servire alla vita di Dante Alighieri racc. da Gius. Pelli. *Firenze,* 1823; 1 vol. Ens. 3 vol. in-8, v. ant., fil., dent. à froid. (*Beaux ex.*)

499. La Jérusalem délivrée, poème héroïque du Tasse en XX chants, trad. par Mirabaud. *Paris*, 1792; in-8, bas., rac.

500. Poésie italienne. 16 vol. de divers formats, rel.

Petrarcha. 1583. — Trag. di Alfieri. — Torquato Tasso. 1583. — Opere del sig. P. Metastasio. — Pastor Fido, etc.

501. I sonetti, le Canzoni, et i triomphi di M. Lavra, in riposta di Fr. Petrarcha. *Vinegia*, 1552; pet. in-8, parch.

502. Orlando furioso, di L. Ariosto con le annotationi, gli avertimenti di J. Ruscelli; la vitta del autore dal Pigna; gli scotri de luoghi mutati del autore dopa la prima impressione; di nuovo aggiuntovi, li cinque canti del autore, etc. *Venetia*, 1580; in-4, bas. *Figures*.

Lég. mouillures, titre et feuillets réparés.

503. Poésies de Michel-Ange Buonarroti, par A. Varcollier. *Paris*, 1826; in-8, d.-rel. v. br.

504. Le Trasformazioni di M. Lodovico Dolce. *In Venetia appresso Gab. Ciolito de Ferari*, 1553; in-4° parch., *orné de jolies figures gravées en bois*.

505. Le Satire di Giovenale tradotte in versi sciolti e rischiarate con note da T. Accio. *Tornio*, 1804; 2 vol. in-8, bas., gauf. — Vite ed elogi d'illustri Italiani. *Pisa*, 1818; 3 vol. in-8, d.-rel. v. fau.

506. Teatro comico di F. Aug. Bon di Venezia. *Milano*, 1823; 6 tom. en 3 vol. in-18; d.-rel. bas.

507. Collezzione completa delle Commedie del signor Carlo Goldoni. *Livorno*, 1788; 31 vol. in-8, d.-rel. *Portrait*.

III. — ROMANS. — CONTES. — NOUVELLES. —

ÉPISTOLAIRES. — POLYGRAPHES.

508. Les cent Nouvelles nouvelles. *Cologne*, 1786; 2 vol. in-8, v. rac., fil. *Cent figures en taille-douce*.

509. La Prévention nationale, par Rétif de la Bretonne. *La Haye (Paris)*, 1784; 3 tom. en 2 vol. in-12, bas. *Figures. (Rare.)*

510. OEuvres badines du comte de Caylus. *Amsterdam*, 1787; 10 vol. in-8, d.-rel. *Figures de Marillier.*
Lég. mouillures.

511. Amusement des eaux d'Aix-la-Chapelle. *Amst.*, 1736; 3 vol. in-12, bas., *Fig.* — Le Conte du Tonneau, par Swift. *La Haye*, 1732; in-12, v. fau. — Histoire d'une Grecque, par l'abbé Prévost. *1784*; in-8. — Histoire de Marguerite d'Anjou, par le même. *Amst.*, 1740; 2 vol. in-12, bas.

512. Corinne, par Mme de Staël. *1719*; 3 vol. — Tristram Shandy, trad. de Sterne. *1785*; 4 vol. Ens. 7 vol. in-12.

513. Les Illustres Françoises, histoires véritables. *La Haye*, 1731; 3 vol. in-12, v. fau. *Fig.*

514. Contes et Nouvelles de Marguerite de Valois. *Londres*, 1784; 8 vol. in-12, v. mar., fil., tr. d. (*Edit. Cazin.*)

515. Il Decamerone di Messer Giovanni Boccaccio, corretto per Messer Antonio Bruccioli. *In Venetia*, 1542; in-16, mar. bleu jans., tr. d., doublé de tabis. (*Derôme le jeune*).
Bel exemplaire de cette édition rare.

516. Decamerone di Giovanni Boccaccio, corretto ed accresciuto della vita dell'autore da Vinc. Martinelli. *In Londra*, 1762; in-4, v. éc., fil.

517. Contes et Nouvelles de Boccace, florentin. Traduction libre. *Cologne, chez J. Gaillard*, 1702; 2 vol. in-12, veau gran., fil., tr. d. *Figures de Romain de Hooge.*

518. Lettres anglaises ou histoire de miss Clarisse Harlove. *Paris*, 1766; 13 tom. en 7 vol. in-12, bas. *Fig. d'Eisen.*

519. Histoire de Tom Jones, trad. de Fielding. *Londres, J. Nourse,* 1750; 2 vol. in-12, v. mar. *Fig. de Gravelot.* — Histoire de miss Jenny, par Me Riccoboni. *Paris,* 1764; 2 vol. in-12, v. gr. *Fig. de Gravelot.*

520. Les Mille et une Nuits. Trad. par Galland. *Paris,* 1834; 6 vol. in-8, d.-rel. v. fau. *Figures.*

521. Histoire de l'admirable Don Quichotte de la Manche, par Cervantes, trad. de Filleau de Saint-Martin. *Paris,* 1825; 6 vol. in-8, v. ant., fil., dent. à froid. *Portrait et figures de Devéria.*

522. La Vie de Marianne, par M. de Marivaux. *La Haye.* 1741; 4 vol. in-12, bas. marbrée. *Figures.*

523. Génie du christianisme, par F.-A. Chateaubriand. *Paris,* 1803; 4 vol. in-8, tirés sur papier in-4, d.-rel. bas. *Figures avant la lettre.*

524. L'Éloge de la folie, trad. du latin d'Érasme, par Gueudeville. 1751; pet. in-12, tiré sur gr. papier de Hollande de format in-4, mar. v.. dent., tr. dor. *Orné d'une suite de figures de Eisen, impr. à la sanguine.* Très-bel exemplaire.

525. Dictionnaire de maximes, par Hennequin. *Paris.* 1828; in-8, v. viol., fil.

526. Traditions tératologiques, par Berger de Xivrey. *Paris, Imp. Royale,* 1836; in-8, br.

527. Bibliothèque pastorale, cours de littérature champêtre depuis Moyse jusqu'à nos jours. *Paris,* an XI; 4 vol. in-12, bas. *Fig. par Garnerey.* — Idylles de Théocrite. par Gail, 1792; in-12, bas. À la fin du volume se trouve un Traité des Abeilles par Courant, 1786.

528. Faits des causes célèbres intéressantes, augmentés de quelques causes. *Amst.,* 1757; in-12. — Recueil de pièces galantes de la comtesse de la Suze et de Pélisson. *Paris,* 1698; 2 vol. in-12, v.

529. Etudes de la nature; Vœux d'un solitaire, par Bernardin de Saint-Pierre. *Paris*, 1784-90; 4 vol. in-18, v.

530. Rapports à M. le ministre de l'instr. publique sur les anciens monuments de l'histoire et de la littérature de la France, qui se trouvent dans les bibliothèques de l'Angleterre et de l'Ecosse, par Fr. Michel. *Paris, Imp. Roy.*, 1838; in-4, cart. en percal.

532. Six volumes de divers formats, reliés.

Nouv. trad. des Héroïdes d'Ovide. — Satires de Perse, trad. par Soullier. — La Pharsale de Lucain. — Fabularum Æsopiarum. — Géorgiques de Virgile, trad. par Delille.

533. Dialogo dell'imprese militari et amorose di Giovio Vescovo di Nocera. *Lyone, G. Rovillio*, 1574; pet. in-8, parch. *Fig. sur bois.*

534. Trente-six volumes in-18, reliés.

OEuvres de Gilbert, Régnard, Crébillon, Mme de Lafayette, Palissot, Collé, Lettres de Sterne, Gil-Blas, etc.

535. Quatorze volumes in-8 et in-12, reliés.

Histoire des douze Césars. — Lettres de Pline. — Trag. d'Euripide. — Annales de Tacite. — L'Ane d'or d'Apulée, etc.

536. Trente volumes in-12 et in-18, reliés.

OEuvres de Gresset. — Contes moraux de Marmontel. — Caractères de Théophraste et La Bruyère. — OEuvres de Florian. — Voyage sentimental par Sterne. — Voyages de Gulliver. — Poésies de La Monnoye. — Esprit de Mlle de Scudéri. — OEuvres de Lagrange-Chancel. — OEuvres de La Chaussée, etc.

537. Vingt-deux volumes in-12, reliés.

Fables de Stassart. — L'Esprit de la Ligue. — Mémoires d'un homme de qualité, 4 vol. — Lettres du Pape Clément XIV. — Mémoires de M. Nodot. — Histoire de la reine Marguerite, etc.

538. Vie d'Apollonius de Tyane, par Philostrate, commentaires donnés par Blount. *Amsterdam*, 1779; 4 vol. — Amours de Théagène et de Chariclée, trad. d'Héliodore. *Amst.*, 1727; 2 vol. Ens. 6 vol. in-12, bas.

539. Vingt volumes en langue italienne, in-12 et in-18,
reliés.
Delle Rivoluzioni d'Italia, di C. Denina. — Commedie del conte Giraud
— Gli animi parlanti, di Casti. — Novelle galanti. — Vita de Sisto V. — —
Commedie di Faguioli, etc.

540. Variétés littéraires (par l'abbé Arnaud et Suard).
Paris, 1768; 4 vol. in-12, v. fau.

541. Lettres écrites à un Provincial, par Blaise Pascal,
avec une notice, par Villemain.—Pensées, par le même.
Paris, Emler, 1828; 2 vol. in-8, v. ant., fil., dent. à froid.

542. Lettres de Madame de Sévigné. *Avignon*, 1804; 10 vol.
in-12, d.-rel. bas.

543. Lettere familiari del Annibal Caro. *Padova*, 1763 ;
3 vol. in-8, bas. m.
Armoiries sur le dos des volumes.

544. Delle lettere familiari d'Alcuni Bolognesi, del Secolo
Decimottavo. *Bologna*, 1820; 2 vol. in-8, cart. perc.

545. Collection de lettres de Nicolas Poussin. *Paris*, 1824;
in-8, d. rel. et c., m. vert.

546. Les Œuvres de Cicéron, trad. par Du Ryer. *Paris*,
1670; 12 vol. in-12, v. br.

547. Œuvres complètes de Voltaire. *Paris, Esneaux*, 1823;
65 tom. en 63 vol. in-8, d.-rel.

548. Œuvres de Lafontaine, publ. par Coste. *Paris, Prault*,
1757; 8 vol. pet. in-12, veau marb., fil.

549. Œuvres complètes de J.-J. Rousseau, avec des éclair-
ciss. et des notes historiques, par P.-R. Auguis. *Paris,
Dalibon*, 1825; 27 vol. in-8. d.-rel. veau ant. *Portrait*.
Exemplaire papier vélin.

550. Œuvres de Madame de Stahl. *Paris, Renouard*, 1821 ;
2 vol. in-8, d.-rel. v. fau.

551. OEuvres complètes de Larochefoucauld. *Paris*, 1825;
in-8, v. fau. gauf. *Portrait par Devéria.*

552. Opere di Niccolo Machiavelli. *Italia*, 1813; 8 vol. in-8
v. rac., fil. *Portrait.*

HISTOIRE.

I. — GÉOGRAPHIE. — VOYAGES. — HISTOIRE ANCIENNE.

553. Tablettes chronologiques de l'histoire universelle
depuis la Création jusqu'à l'an 1743, par Lenglet Du-
fresnoy. *Paris*, 1744; 2 parties in-8, vél. — Le même
ouvrage jusqu'à l'an 1808, par Picot. 1808; 3 vol. in-8,
d.-rel.

554. Histoire universelle de Diodore de Sicile, trad. en
français par l'abbé Terrasson. *Amst., Changuion*, 1780;
7 vol. in-12.

555. Précis de la géographie universelle, par Malte-Brun;
4ᵉ éd. *Paris*, 1836; 12 vol. in-8, d.-rel.

556. Géographie des Grecs analysée, ou les systèmes
d'Eratosthènes, de Strabon et de Ptolémée comparés
entre eux, par Gosselin. *Paris*, 1790; in-4, cart. *Cartes.*

557. Voyage historique dans la Suisse occidentale, *1781;*
in-8, cart. — Voyage dans les Deux-Siciles, par Swin-
burne, en *1777-80;* trad. Keralio, *1785.* — Londres et
ses environs, *1788.* 2 vol. — Recueil de voyages, *1783.*
4 vol. Ens. 9 vol.

558. Voyages historiques et littéraires en Italie, pendant
les années 1826, 1827 et 1828, par Valery. *Paris*, 1831;
5 vol. in-8, bas. gr., fil.

559. Histoire de la filiation et des migrations des peuples,
par F. de Brotonne. *Paris*, 1837; 2 vol. in-8, d.-rel. v.
rou.

560. Histoire des premiers temps de la Grèce, par Clavier.
Paris, 1822; 3 vol. — Histoire critique de l'établ. des
colonies grecques, par Raoul-Rochette. *Paris,* 1815;
4 vol. Ens. 7 vol. in-8, d.-rel.

561. Etudes de l'histoire ancienne et de celle de la Grèce, de
la législation, des tribunaux, des mœurs et usages des
Athéniens, par P. Ch. Levesque. *Paris,* 1811; 5 vol. in-8,
d.-rel.

562. Examen analytique et comparatif des synchronismes
de l'histoire des temps héroïques de la Grèce, par Petit-
Radel. *Paris, Imp. Roy.,* 1827 ; suivi de : Mémoires sur
divers points d'ancienne histoire grecque, par le même.
Paris, Imp. Roy., 1820.

563. Pausanias, ou voyage historique de la Grèce, trad.
par Gedoyn. *Paris, Bastien,* an II ; 4 vol. in-8, v. rac.,
tr. dor. *Planches.*

564. Voyage du jeune Anacharsis en Grèce. *Liége.* 1790 ;
7 vol. in-12 et atlas, cart.

565. Histoire d'Hérodote, trad. du grec, par Larcher. *Paris,*
Lefèvre, 1840 ; 3 vol. in-12, d.-rel.

566. Quinte-Curce. De la vie et des actions d'Alexandre le
Grand, de la traduction de Vaugelas, *Amsterdam, J. de*
Ravestein, 1665 ; in-12 parch.

567. Histoire de Tite-Live, trad. nouvelle de Dureau de
Lamalle et Noël. *Paris, Michaud,* 1824 ; 17 vol. in-8 d.-
rel.

568. Le nouvel Anténor ; voyages et aventures de Trasy-
bule en Grèce, par Lantier, *Paris,* 1803.

569. Histoire ancienne des Egyptiens, des Carthaginois, des Assyriens, etc., par Rollin. *Paris, Estienne*, 1775 ; 13 vol. in-12 v. br. *Portrait et figures.*

570. Histoire ancienne cont. l'histoire des Egyptiens, des Carthaginois, des Assyriens, des Mèdes, etc., jusqu'à la bataille d'Actium, par C. Royou, 3ᵉ éd. *Paris*, 1826 ; 4 vol. in-8 d.-rel. m. rou.

571. Campagne de Rome, par Charles Didier. *Paris*, 1842 ; in-8, d.-rel. veau.

572. Della vita privata dei romani colla giunta di varie annotazioni di Domenico Amato. — *Napoli*, 1783 ; 2 vol. in-8, d.-rel.

573. Histoire romaine de Niebuhr, trad. de l'allemand, par de Golbéry, *Paris*, 1830 ; 2 vol. in-8, d.-rel.

574. Histoire romaine depuis la fondation de Rome, avec des notices histor. géogr. et crit. des gravures, des cartes et médailles, par les RR. PP. Catrou et Rouillé. *Paris, Rollin*, 1725 ; tom. 1 à 13, in-4, veau gran.

II. — HISTOIRE DE FRANCE.

575. Histoire de France depuis les Gaulois jusqu'à la mort de Louis XVI, par Anquetil. *Paris*, 1817 ; 10 vol. in-12, d.-rel. v. vert.

576. Abrégé chronologique de l'histoire de France, par Mézeray. *Amsterdam*, 1700 ; 8 vol. in-12, d.-rel. *Portraits.*

577. Histoire des Français des divers états, par A. A. Monteil, 3ᵉ éd. *Paris*, 1846 ; 5 vol. in-8 d.-rel. ch. rou.

578. Galanteries des rois de France, par Sauval. *Paris*, 1738 ; 2 vol. in-18, bas.

579. Le Ministre fidelle représenté sous Louis VI en la personne de Suger, abbé de Saint-Denys, tiré du latin de F. Guillaume, trad. de J. Baudoin. *Paris*, 1640 ; in-8.

580. L'esprit de Henri IV. Anecdotes, réparties et quelques lettres de ce prince. *Paris*, 1770 ; in-8, bas. — Les belles Grecques ou l'histoire des courtisanes de la Grèce. *Paris*, 1712 ; bas.

581. Mémoires du duc de Saint-Simon, pub. par le duc de Saint-Simon, sénateur. *Paris*, *Garnier*, 1853 ; 40 tom. en 20 vol. *Portraits*.

582. Mémoires et Correspondance de Mme d'Épinay. *Paris*, 1818 ; 3 vol. in 8, d.-rel.

583. Rapport fait à la Convention au nom de la commission chargée de l'examen des papiers trouvés chez Robespierre, par E. B. Courtois. *Paris*, an III ; in-8, d.-rel. v.

584. Louis XVII, sa vie, son agonie, sa mort, etc., par A. de Beauchesne. *Paris*, *Plon*, 1853 ; 2 vol. gr. in-8, d.-rel. *Portraits*.

585. Histoire de la révolution française, par Thiers, 4e éd. *Paris*, 1834 ; 10 vol. in-8, d.-rel. v. fau. *Figures sur chine*.

586. Esquisses historiques des principaux événements de la révolution française, par Dulaure. *Paris*, 1823 ; 5 vol. in-8, et table d.-rel. m. *Figures*.

587. Mémorial de Sainte-Hélène, par le comte de Las Cases. *Paris*, 1823 ; 8 vol. in-8, d.-rel.

588. Napoléon en exil ou l'écho de Sainte-Hélène, par O'Méara. *Paris*, 1822 ; 2 vol. in-8, d.-rel.

589. France pittoresque, par A. Hugo. *Paris*, 1835 ; 3 vol. in-4, d.-rel. bas. *Planches*.

590. Histoire physique, civile et morale de Paris, par Dulaure. *Paris*, 1821; 8 vol. in-8, d.-rel. *Figures*..

591. Tableau de Paris, nouvelle édition corrigée et aug-
mentée, par Mercier. *Amsterdam*, 1782; 8 vol. in-8,
bas.

592. Tableau de Paris, par Mercier. *Amsterdam*, 1783; 12
tom. en 6 vol. in-8, v. mar.

593. Journal d'un voyage de France et d'Italie fait par un
gentilhomme français, l'année 1661. *Paris*, 1679; in-8,
v. br.

594. Les Origines du palais de l'Institut. Recherches historiques sur le collège des Quatre Nations, d'ap. des documents entièrement inédits, par A. Franklin. *Paris,
Aubry*, 1862; pet. in-8, br.

595. Recherches sur les bibliothèques anciennes et modernes jusqu'à la fondation de la bibliothèque Mazarine,
par Petit-Radel. *Paris*, 1819; in-8, d.-rel. *Portraits et
plans.*

III. — HISTOIRE ÉTRANGÈRE.

596. Description historique et critique de l'Italie, par l'abbé
Richard. *Dijon*, 1766; 6 vol. in-12, v. fau., et v. marb.
Carte.

597. Lettres familières écrites d'Italie à quelques amis en
1739 et 1740, par Ch. de Brosses, publ. par Hipp. Babou.
Paris, 1858; 2 vol. in-12, br.

598. Voyage historique dans les principales villes de l'Italie
en 1811 et 1812; par Petit-Radel. *Paris*, 1815; 3 vol. in-
8, cart. *Portrait et carte.*

599. L'Italie avant la domination des Romains, par J. Micali, avec notes de Raoul-Rochette. *Paris*, 1824; 4 vol. in-8, d.-rel. et c. ch. v.

600. Della istoria d'Italia di F. Guiciardini. *Friburgo*, 1775; 4 vol. in-4, d.-rel. *Portrait*.

601. Histoire des révolutions d'Espagne (par Dupin). *La Haye*, 1724; 5 vol. — Vie de Philippe II, roi d'Espagne, trad. de Greg. Leti. *Amsterdam*, 1734; 6 vol. — Les Délices de l'Espagne et du Portugal. par D. Juan Alvarès de Colmenar. *Leyde*, 1715; 6 vol., *fig*. Ens. 17 vol. in-12, v.

602. Histoire d'Espagne depuis les premiers temps jusqu'à nos jours, par Ch. Romey. *Paris, Furne*, 1839; 8 vol. in-8, br. *Figures*.

603. Itinéraire descriptif de l'Espagne; par A. de Laborde. *Paris, Nicolle*, 1809; 5 vol. in-8, d.-rel. et atlas.

604. Histoire critique de l'inquisition d'Espagne. par J.-A. Llorente, trad. de Pellier. 2ᵉ éd. *Paris*, 1818; 4 vol. in-8, d.-rel. *Portrait*.

605. Histoire de la domination des Maures et des Arabes en Espagne et en Portugal, par de Marlès. *Paris*, 1825; 3 vol. in-8.

606. Histoire de la maison de Plantagenet. *Amsterdam*, 1765; de la Maison de Tudor et de Stuart, par Hume. *Londres*, 1767-68. Ens. 6 vol. in-4, br.

607. Histoire de l'anarchie de Pologne, par Cl. Rulhière. *Paris, Desenne*, 1807; 4 vol. in-8, d.-rel. bas.

608. Esquisse sur le Canada, par Taché, in-12, br. 1855. — Essai sur le Canada, par Hogan, in-8, cart. *Carte*.

609. La Perse, par L Dubeux. — Chine, par Pauthier. *Paris, Didot*, 1838-41; 2 vol. in-8, br. *Figures*.

610. Lettres sur l'Egypte par Savary. *Paris*, an VII; 3 vol.
— Lettres sur la Grèce, par le même. *Paris*, an VII; in-8.
Ens. 4 vol. in-8, bas. *Cartes.*

IV. — BIOGRAPHIE. — MÉLANGES. — JOURNAUX.

611. Biographie universelle ancienne et moderne. *Paris,
Michaud*, 1811-1828; 52 vol. in-8, d.-rel. veau ant.

612. Les vies des hommes illustres de Plutarque, trad. par
Dacier; rev. et augm. par Delaroche. *Paris*, 1811; 15 vol.
in-12, v, gr., fil. *Portraits.*

613. Illustrazioni storico-critiche di G. Roscoe alla sua vita
di Lorenzo di Medici detto il magnifico, con un appendice
di documenti tanto editi che inediti trad. d'all inglese da
V. P. *Firenze*, 1823; 2 vol. in-8 en un, d.-rel. v. fauve.
Portrait et figures.

614. Vie de Laurent de Medicis surnommé le Magnifique,
trad. de l'anglais de W. Roscoe, sur la 2e éd. par Fr. Thu-
rot. *Paris*, an VIII; 2 vol. in-8, bas., fil.

615. Vie et Pontificat de Léon X, par W. Roscoe, trad. de
l'anglais par Henry, 2e éd. *Paris*, 1813; 4 vol. in-8, d.-rel.
Portrait.

616. Histoire de Marguerite de Valois, reine de Navarre.
Amsterdam, 1745; 2 vol. in-12, v. fau. m.

617. Le Roi Voltaire par Arsène Houssaye. *Paris*, 1858;
in-8, *avec une lettre d'envoi aut. sig.*

618. Atlas historique, généalogique, chronol. et géogr. de
A. Lesage (comte de Las Cases). *Paris, Leclère*, in-fol.
d.-rel. *35 cartes.*

619. Le Glaneur français. *Paris*, 1735; 3 vol. in-12, v. fau.
et br., contenant les 15 premières brochures.

620. Dictionnaire universel d'histoire et de géographie par N. Bouillet. *Paris*, 1845 ; 2 parties in-8, cart.

621. Dictionnaire de la conversation et de la lecture publié sous la direction de W. Duckett. 2ᵉ éd. *Paris*, 1861 ; 16 vol. in-8. d.-rel. ch. n.

622. Encyclopédie moderne, par Courtin. *Paris*, 1824-32 ; 24 vol. in-8, et 2 vol. de planches, br.

623. Description de l'église Notre-Dame de Lorette, construite par M. Le Bas, br. in-8. (*Environ 350 exempl.*)

DIVISION DU CATALOGUE

BEAUX - ARTS

Nos

I	Essais, Réflexions, Mélanges, Journaux, etc...	1
II	Art du Dessin	24
III	Peinture	37
IV	Gravure	48
V	Architecture	56
VI	Sculpture	151
VII	Livres à figures	163
VIII	Descriptions de monuments.	
	1° Monuments de l'antiquité	225
	2° — de la Grèce	236
	3° — de l'Italie	246
	4° — de Rome	280
	5° — de France	333
	6° — de Paris	363
	7° — des pays étrangers	403
IX	Biographie des Peintres, Sculpteurs, Architectes, etc	424

THÉOLOGIE

Écriture-Sainte, Liturgie.................... 443

SCIENCES ET ARTS

Philosophie. — Morale. — Arts divers....... 451

BELLES-LETTRES

I	Linguistique	469
II	Poésie	478
III	Romans, Contes, Nouvelles, Polygraphes	508

HISTOIRE

I	Géographie, Voyages, Histoire ancienne	553
II	Histoire de France	575
III	Histoire étrangère	596
IV	Biographie, Mélanges, Journaux	611

Renou et Maulde, imprimeurs de la Compagnie des Commissaires-Priseurs,
rue de Rivoli, 144.   8848

RED. :

19

BIBLIOTHEQUE NATIONALE DE FRANCE

****

CHATEAU DE SABLE

1995